# नींद हमारी, ख्वाब तुम्हारे

## उपन्यास

Author: डॉ. तारा सिंह

Published: June 2023

Printed Edition Paper Back

Publisher: Swargvibha Publishing House

Publisher Address: A-1601, Sea Queen Heritage, Plot-6, Sec-18, Sanpada, Navi Mumbai, Maharashtra-400705

# लेखिका की कलम से:

'नींद हमारी, ख़्वाब तुम्हारे' के पात्र-पात्री के नाम काल्पनिक हैं, पर घटना मेरे अनुभव पर आधारित है| इसमें कहीं भी मेरी कल्पना की हवाई उड़ान, आपको नहीं मिलेगी| पर हाँ, घटना में रंग भरने की कोशिश मैंने अवश्य की है| मगर ऐसा करते, मैंने इस बात का पूर्णतया ख्याल रखा है, कि कहीं पर भी बेवजह रंग की अधिकता, या न्यूनता नहीं हो, साथ ही किसी भी पात्र-पात्री के साथ शब्दों का चयन करते वक्त बेइंसाफी न हो| जिनको जितना अधिकार प्राप्त है, उतना ही अधिकार मिले, उससे बंचित न रह जाये| इसके लिए, कहानी लिखने बैठने से पहले मैं अपना क्रोध, लोभ, इष्र्या, दोस्ती, घृणा, तथा पीड़ा इत्यादि को अपने दिल से निकाल देती हूँ, जिससे कि इंसाफ करते, ये सभी इनके बीच दीवार बनकर खड़े न हो जायें और मैं स्वतंत्र होकर लिख सकूँ|

किसी घटना से सम्मोहित होकर उसे कहानी का रूप मैं नहीं देती, जब तक कि कहानी किसी दार्शनिक और भावनात्मक सत्य को प्रकट न करे| जब तक इस प्रकार का कोई आधार नहीं मिलता, मेरी कलम नहीं उठती| एक बात और, मैं किसी भी हाल में अपने पाठकों को अपने शब्दों के मकड़जाल में फंसाकर, अँधेरे में भटकाना भी नहीं चाहती, बल्कि मैं अपनी कहानियों की रोशनी में, अपने समाज की कुरीतियों और विषमताओं को उजागर करना चाहती हूँ| जिससे कि हमारा समाज सबल और निर्मल बने| तभी तो, किसी भी घटना को लेकर मैं, महीनों सोचती रहती हूँ, कि मैं जो कुछ लिखने जा रही

हूँ, उससे हमारे समाज को क्या प्राप्त होगा? जब तक यह तय नहीं हो जाता, मैं लिखने नहीं बैठती हूँ।

कभी-कभी अपने सगे-सम्बन्धी या गुरु, मित्रों से ऐसी घटनाएं सुनने मिलती हैं, कि उन्हें सहज ही कहानी का रूप दिया जा सकता है। पर कोई भी घटना, महज सुंदर और चुस्त शब्दावली का चमत्कार दिखाकर ही कहानी नहीं बन जाती। उसमें क्लाइमेक्स का होना भी जरुरी है, और वह भी मनोवैज्ञानिक। इन सब समस्याओं के हल हो जाने के बाद ही, मैं कहानी लिखने बैठती हूँ।

मेरा सोचना है, कविता लिखने के लिए ज्यों प्राकृतिक लगाव का होना जरुरी है, कहानी के लिए भी प्राकृतिक लगाव का होना आवश्यक है। प्रकृति खुद-ब खुद कहानी को नई-नई प्लाट देती हुई आगे बढ़ाती है। उसमें नाटकीय रंग पैदा करती है।

'नींद हमारी, ख़्वाब तुम्हारे', एक संतानहीन नारी की व्यथा, कथा है। उसकी व्याकुलता और उसके तड़पते दिल की विह्वलता है। कहानी के पूरी होने बाद, जब मैं इसे पढ़ीं, तो मुझे महसूस हुआ कि कहानी के हर छोटे-बड़े पात्र आपस में बातें करते हैं। शब्दों में सजीवता आये, इसकी मैंने यथासंभव कोशिश किया है। पर इस कोशिश में, मैं कहाँ तक सक्षम हो पाई हूँ, यह तो आप पाठक ही बता सकते हैं। ऐसे मैं अपनी परख पर अधिक विश्वास नहीं करती।

-डॉ. तारा सिंह

# नींद हमारी, ख्वाब तुम्हारे

भागीरथी के निर्मल जल पर प्रभात का शीतल पवन बालकों के समान खेल रहा था| छोटी-छोटी लहरियों से घरौंदे बन-बनकर बिगड़ जा रहे थे| रमेश, किनारे बैठा, टक लगाए, इस दृश्य को तल्लीन होकर देख रहा था| उसकी कल्पनाओं के अमृत सरोवर में, स्वर्ण-कमल खिल रहा था| भ्रमर बंशी बजा रहा था| सौरभ पराग की चहल-पहल थी| तभी उसकी पत्नी, सीमा, उसे ढूंढते-ढूंढते वहाँ पहुँच गई, रमेश के कंधे पर प्यार से हाथ रखती हुई बोली, 'रमेश! सबेरे-सबेरे तुम यहाँ क्यों? बहुर देर तक कोई उत्तर न पाकर, सीमा फिर बोली, 'आज तुमको क्या हो गया है, कुछ बोलते क्यों नहीं?'रमेश, गहरी फ़िक्र में डूबा, आहत स्वर में बोला, 'सीमा! तुम अंदाजा नहीं लगा सकती, कि हताश जीवन कितना भयानक होता है? उन्होंने उपकारों की ओट में, मेरे स्वप्न-लता को समूल उखाड़कर कुचल दिया| यह बात जब तक मुझे समझ आई, मेरी कल्पना माला का फूल कुम्हला चुका था| मेरी चंचल स्थिति, मेरे कोमल हृदय को मरुभूमि बना चुका था| माँ-बाप के चले जाने के बाद, मामा के सिवाय मेरा कोई नहीं था, इस संसार में, जो मेरी देखभाल करे| तृण शैय्या पर सोने वाले के सर पर दिव्य यश का स्वर्ण मुकुट चढ़े, यह कहते-कहते रमेश की आँखों में पानी आ गया| उसने अपने पुराने-फटे धोती से अपने आँख के आँसू पोंछते हुए कहा, 'चलो घर चलें| दिन के आठ बज चुके हैं| बच्चे स्कूल के लिए तैयार हो रहे होंगे, और चिंतित हो सोच रहे होंगे| मम्मी, पापा कहाँ चले गये?'

दोनों घर जाने के लिए, खड़े हुए तभी, चेतन (जो रमेश का पड़ोसी था) आवाज देकर पूछा, 'आज सुबह-सुबह भाभी को लेकर, टहलने निकल गये, क्या बात है? कोई ख़ुशी की खबर हो तो, मुझे भी बताओ। आखिर मैं तुम्हारा पड़ोसी हूँ।'

रमेश ने सीमा की और देखकर पीड़ित स्वर में कहा, 'ख़ुशी, और मेरे घर, रमेश की निर्जीव निराश, आहत आत्मा, संतावना के लिए विकल हो रही थी। सच्चे स्नेह में डूबी हुई संतावना के लिए, उस रोगी की तरह, जो जीवन सूत्र क्षीण हो जाने पर वैद्य के मुख की ओर आशा भरी आँखों से ताक रहा हो। सीमा भी चाह रही थी, कि इस दुर्बल अवस्था में रमेश को गले लगा लूँ पर चेतन को अपनी ओर आता देख ऐसा न कर सकी। सिर्फ स्नेह से सने कोमल स्वर में बोली, 'रमेश! तुम अपना मन इतना छोटा क्यों करते हो, वो भी धन के लिए। धन तो सारे पापों की जड़ है। जानते हो सत्पुरुष धन के आगे सिर नहीं झुकाते। वह देखते हैं कि तुम क्या हो? यदि तुममें सच्चाई है, न्याय है, त्याग है, पुरूषार्थ है, तो वे तुम्हारी उपासना करेंगे, नहीं तो, समाज तुम्हें एक लुटेरा समझकर मुँह फेर लेगा। इसलिये हम धनवान नहीं हैं, क्यों! इस पर चिंता करना छोड़ो। हमारे पास जो भी है, इज्जत से जीने के लिए बहुत है।

सीमा की बातें सुनकर, रमेश के पीले, सूखे मुख पर एक तेज दौड़ गया। मानो जैसे कोई उसमें विलक्षण शक्ति आ गई हो। वह दुखित स्वर में बोला, 'यह सब तो ठीक है, पर यह सब कहने का है कि पीड़क से पीड़ित होना कहीं अच्छा है। एक पीड़ित से जाकर पूछो कि उसका एक-एक पल, धन के बगैर किस तरह जीवन गुजारा करते हैं?'

सीमा अपनी आँखों के आँसुओं को रोकने की कोशिश करती हुई कही, 'रमेश पर तुम अपने इस हल के लिए किसी और को दोषी क्यों मानते हो?' रमेश आहत नेत्रों से सीमा की ओर देखकर कहा, 'सीमा, जिस अस्त्र को मैं रामबाण समझ रहा था, बाद पता चला, कि वह बांस ही कैन है।'

रीमा ने सजल नेत्रों से पूछा, वह कैसे? तुम्हारे मामा, तुमको पिता की तरह बचपन से पाला-पोषा, बड़ा किया। इतने सालों तक वे अच्छे रहे, लेकिन उनका घर छोड़ते ही, वे तुम्हारे लिए बुरे बन गए, वो कैसे? रमेश! जो वह बुरे होते, तब तुमको अपने घर ले जाकर पालते ही क्यों? तुमको अपनी हाल पर छोड़ देते। सीमा की बातें सुनकर, रमेश को खेद हुआ, पर दुःख नहीं। वह बड़ी असुविधा में पड़ गया। रमेश के हृदय में इतनी तीव्रता भर गई, उसके सामने मामा के अत्याचार परिस्फुटित नहीं हो सका।

इस तरह रमेश और सीमा के मौनमय दिन के ताप को और बढ़ा रहा था। सीमा, रमेश के उद्विग्न मुख को देख रही थी। उसने पास आकर, एक प्रार्थिनी की तरह हाथ जोड़कर कही, 'अहा! दिन के आठ बज चुके हैं, तुमको भूख लगी होगी? तुम कुछ थके से भी लग रहे हो, चलो जल्दी से घर जाकर कुछ खायें। रमेश ने संदिग्ध भाव से मन ही मन कहा, 'सीमा जब तुम मेरी आत्मवेदना को नहीं समझ सकी, तो कोई दूसरा क्या समझेगा? किसी और को बताकर, मुफ्त में अपनी शर्मिंदगी होगी।

घर पहुँचकर, उन्होंने देखा, उनकी दोनों बेटियाँ, आभा और निभा, अभी तक सो रही हैं| यह देखकर रमेश का चेहरा फीका पड़ गया, आँखों में आँसू भरकर बोले, 'सीमा, देखो, इन मासूमों को, कैसे हम दोनों का इंतजार करती, दरवाजे पर सो रही है| पहले इन्हें, कुछ खाने दो, और स्कूल जाने के लिए तैयार करो| हमलोग बाद में खा लेंगे| यह कहकर रमेश कई मिनट तक वहीं चुपचाप खड़े रहे| तब वह इसी अर्धचेतना अवस्था से जागे, जैसे कोई रोगी देर तक मूर्च्छित रहने के बाद चौंक पड़ता है| जब अपनी अवस्था का ज्ञान हुआ, पछताते हुए विचार आया, मैंने यह क्या किया? मैंने अपने विचार को उत्तम समझा, और दोनों बेटियों के बारे में नहीं सोचा| इतना भी नहीं समझ सका, कि एक पिता, अपने बच्चों के सामने. सिर्फ एक पिता नहीं है| उसके कुछ कर्तव्य और धर्म भी होते हैं| वे जल्दी-जल्दी हाथ-मुँह धोकर, स्नानादि आदि से मुक्त होकर दोनों बेटियों को स्कूल पहुँचाने चले गए| जाते हुए रस्ते भर सोचते रहे, मैं नहीं पढ़ा-लिखा, तो क्या हुआ, मैं अपनी दोनों बेटियों को खूब पढ़ाऊँगा, लिखाऊँगा; डॉक्टर, इंजीनियर बनाऊँगा, और उन्हीं की सफलताओं में खुद को निहारूँगा| ज्यों मुखिया अपनी बेटी को प्रोफ़ेसर बनाया, इसके सिवा अब अपना और कोई भविष्य नहीं है|

अचानक रमेश, अपना हाथ जेब में डाला, देखा कुछ कागज़ पड़े हैं| निकालकर पढ़ा, तो मामा का ख़त था| कहा, 'लाहौल बिलाकूवत, यह ख़त तो आठ दिन पहले ही आया था, रोज सोचता था और रोज भूल जाता था| क्रोध के दो-चार शब्द बोलकर ख़त पढ़ने लगा|

लिखा:

अनुज रमेश,

तुम सब की बड़ी याद आती है| मैं तो अपने सारे दर्शन, विवेक और उत्सर्ग के बावजूद तुम्हारे लिए जो करना चाहिए था, कर न सका| अकेले में, तुमको याद कर कभी सर उठा लेता हूँ, तो कभी सर झुका लेता हूँ| मैं अपने ही भागिने के लिए कितना अज्ञ हूँ, इसका अनुभव कर रो पड़ता हूँ| कितना महान अज्ञान है? मेरा यह अज्ञान, तुमको कहीं का नहीं रखा|

इधर कुछ दिनों से पता नहीं, क्यों मेरा दिल कहता है, चलकर अपने अपराध का तुमसे क्षमा माँगू, पर कौन सा मुँह लेकर जाऊँ? मैं तो मछली की भाँति काँटे में फंसा हुआ हूँ| काँटा मेरे कंठ में चुभ गया है| तुम मानो या न मानो, मैंने जानबूझ कर तुम्हारे साथ कुछ ऐसा-वैसा नहीं किया| लगता है, कोई हाथ, मुझे ऐसा कुछ करने के लिए कहता था| मैं क्या हूँ? क्यों ऐसा कर रहा हूँ? तब कुछ समझ में नहीं आता था| मैं तुमसे सच कहता हूँ| मैं किसी मायाविनी के हाथ का कठपुतला बना हुआ था| मैं उसके समक्ष परास्त जीया करता था| रमेश! आज भी मैं अपने भविष्य के विषय में कुछ नहीं जानता| आज क्या हूँ, कल क्या था? आगे क्या रहूँगा? मेरा अतीत दुखदायी है, तो भविष्य स्वप्न, वर्तमान में कुछ नहीं बचा|

रमेश, पत्र को मोड़कर, पेंट के जेब में रख लिया| यह सोचकर, कि जिस बात से मेरी सारी जिन्दगी बर्बाद हो गई, मामाजी ने उस समस्या को एक पत्रे में समेट दिया|

रमेश लौटकर, घर पहुँचते ही पत्र को निकालकर सीमा के सामने रख दिया, और बोले, 'आठ दिन पहले आई थी, पढ़ने भूल गया था।'

सीमा ने पत्र को उड़ती निगाह से देखकर कहा, 'तो मैं इसे लेकर क्या करूँ?'

रमेश ने विस्मित होकर कहा, 'ज़रा इसे एक बार पढ़ तो लो। इससे तुम्हारे मन की बहुत सी शंकायें मिट जायेंगी।'

सीमा ने रूखेपण के साथ कहा, 'मेरे मन में किसी तरफ से कोई शंका नहीं है। इस ख़त में जो कुछ लिखा होगा, वह मैं जानती हूँ। सब कुछ सामान्य करने के लिए, मेरी तारीफें की गई होंगी। मुझे तारीफ़ की जरुरत नहीं, एक फरेब है, धोखा है।'

रमेश ने झेंपते हुए कहा, 'देवी जी! अब तक तो आप, मामाजी की तारीफदारी में रहा करती थीं।'

सीमा विचारकर बोली, 'इसके पहले मैं मामाजी के कुटिल रहस्यों को नहीं जानती थी, पर पत्र पढ़कर लग रहा है कि तुमसे जितना जाना, वास्तविक दशा उससे भी कहीं अधिक जटिल थी।'

सीमा की बातें सुनकर रमेश की आँखें सजल हो आईं, बोले, 'मामी तो इतनी चिढ़ी रहती थी कि मेरा सूरत तक देखना नहीं चाहती थी। जानती हो सीमा, आज भी मेरे मन में आँधी चलती है, और उसमें मामी का मुख बिजली की तरह कौंधा करती है। जिसे देखकर, मैं पहले की भांति डर कर कांपने लगता हूँ। मामी का स्वभाव सारे

संसार से निराला है| यह पता लगाना मुश्किल है कि वह किस बात से ख़ुश होती है, और किस बात से जल जाती है| अगर मुझे कहीं बैठा पाती थी, कहती थी, 'कहाँ से यह मनहूस आकर मेरे गले पड़ गया है, और कभी ज़रा सी ऊँची आवाज में मामाजी कुछ बोल देते, तो छाती पीटने लग जाती थी| आस-पास कौन खड़ा या बैठा है, उसकी ज़रा भी परवाह नहीं करती थी|'

मामाजी तो बात-बात में मेरे गाल पर तमाचा जड़ दिया करते थे| जानती हो, बावजूद मेरा अबोध हृदय उन दोनों से प्यार का आसरा लिए रहता था| जब कि उनके प्यार पर मेरा कोई अधिकार नहीं था| भीख के रूप में जो दो रोटियाँ मिल जाती थी, वही बहुत था|

जब मेरी अपनी माँ जिन्दी थी, मेरे ज़रा सा नाराज होने पर अपने गले से लगा लेती थी| मैं जब तक प्रसन्न नहीं हो जाता था, छोडती नहीं थी, माँ के जरा सा डाँटने पर दौड़कर पिता के पास चला जाता था| शरारत करने पर सज़ा पाना समझ आता था, पर सज़ा के बाद चुमकारा जाना, समझ में नहीं आती थी| माँ-पिताजी के प्रेम में कठोरता होती थी, पर मृदुलता से मिली हुई| इस प्रेम की कभी परवाह नहीं किया| रमेश का यह करुण क्रन्दन, उसके अनाथ होने का दुःख था| अपने प्रगाढ़ प्रेम का प्रमाण देने के बाद, रमेश को आशा हुई कि सीमा के मर्मस्थल पर मेरा सिक्का जम गया, और वैसा हुआ भी| सीमा, यह कहते, लपककर रमेश को गले से लगा ली, बोली, 'रमेश अब तक निराशा के संताप में, तुमने अपने स्वास्थ्य पर ध्यान नहीं दिया| अब बीते हुए आँधीवेग को छोड़ो, जो ज्वाला सी तुम्हारे सीने में धधकती रहती है| जिसके असह्य पीड़ा से तुम संज्ञाहीन हो गए हो| अपने बुरे दिनों को यादकर, तुम क्यों अपना

जीवन नष्ट कर रहे हो| संसार में सब के सब प्राणी का बचपन, सुख-सेज पर नहीं बीतता| विधाता की यही मर्जी थी, कोई क्या करे?'

ये लोग तो निमित्तमात्र हैं| ऊपरवाला, खुद को निर्दोष साबित करने के लिए, अपना दोष दूसरों पर लाद देता है, और इस अनंत ज्वालामुखी सृष्टि के कर्त्ता, फिर भी करुणानिधान कहलाते हैं|

रमेश सशंक होकर पूछा, 'तो क्या उसके इसी अस्तित्व से प्राणी डरते हैं| अभाव, आशा, असंतोष के आर्तनादों के आचार्य, क्या इसी का नाम दीनानाथ है| इसी ने वेदना का विषम जाल फैलाया है, और इसी ने इन निष्ठुर दुखों को सहने के लिए, मानव हृदय सा कोमल पदार्थ चुना और इसे विचारने के लिए, अनुभव करने के लिए दिया, कोमल मस्तिष्क| कैसी कठोर कल्पना है? इस कठोर कल्पना के लिए, हम उसकी जय-जयकार करते रहते हैं|'

दोनों बिटियाँ, आभा और निभा, धीरे-धीरे जवानी की दहलीज कीओर कब पैर बढ़ाने लगी, दोनों पति-पत्नी को पता भी नहीं चला| जो होली न आती, तो शायद काफी देर हो जाती| होली का दिन था| सीमा ने देखा, पड़ोस की रहनेवाली ऋतु (जो मोहल्ले के लड़कों को रिश्ते में भाभी लगती थी) वह उन लोगों पर गुलाल फेंक रही है, और उसकी आँखों में गुलाब की गरद उड़ रही है| पलकों के छज्जे और बरौनियों के चिको पर भी गुलाल की बहार है| भाभी के सरके हुए घूँघट से जितनी अलकें दिखाई पड़ रही थीं, वे सब रंगीन थे| कमर पर हाथ रखे दूर खड़ी, इस खेल को देख रही आभा और निभा को भी कोई रंगीन बनाने लगा था| न जाने क्यों, इस छोटी अवस्था में ही, वह चेतना से ओत-प्रोत हो रही थी| सीमा ने जब दोनों बेटियों को

देखा, उसे ऐसा लगा, मानो स्पर्श का मनोविकारमय अनुभव, उसे सचेष्ट बनाए रहता, उसने अपने दुपट्टे को दो-तीन बार ठीक किया| लड़कों को रंग से भाभी ऋतु नहलाये जा रही है, पर लड़के अपनी आँखों से दोनों बालिका के यौवनोन्माद की माधुरी पी, अपने होश खोते चले जा रहे हैं| लड़कों के प्यार से रंगी हुई, दोनों बहनों की कनपटी लाल हो गई है| सीमा सचेत होकर धीरे-धीरे अपने आँगन में चली गई, और वहाँ अपने कमरे में जाकर, विस्तार पर बैठकर सोचने लगी, 'क्या अभी जो कुछ मैंने देखा, वह सब सच है, या कोई स्वप्न| उसका सारा शारीर काँप रहा था, मानो पृथ्वी नीचे धंसी जा रही हो| उसका मन कभी इतना दुर्बल नहीं हुआ था| वह बेटियों को वहाँ खड़े रहने से आपत्ति न कर सकी| वह सोचने लगी, इन दोनों बहनों की जगह अगर मैं होती, और मेरे पिता जो यह सब देखते, तब यह तो तय था, विष खिलाकर मुझे मार देते, या मेरे गले पर छूरी चला देते|'

सीमा का निष्कपट हृदय यह सब देखकर घोर असमंजस में था| दिन भर वह मन मारे बैठी रहती, किसी काम में जी नहीं लगता था|इच्छा न रहते हुए भी, खड़ी-खड़ी, हाथ पर रखकर एक रोटी खाकर पानी पी ली| जैसे-तैसे दिन कटा, शाम को जब रमेश घर लौटे, सीमा को मन मारे बैठा देखा| शांत और दृढ़ आवाज से बोले, 'सीमा क्या हुआ? मैं दिन भर के बाद घर लौटा, तुम मुझे देखकर खुश नहीं हुई, बल्कि रोनी सूरत लेकर दूर जा बैठी|'सीमा कुछ जवाब न देकर चुपचाप, अपनी जगह बिना हिले-डुले बैठी रही| विवश होकर रमेश, सीमा के पास गए, और वहीं, सटकर बैठ गये, ठिठोली कर बोले, 'आज समझ आया| एक पुरुष का, स्त्री पर कितना अधिकार होता है?'

सीमा चिंतित होकर बोली, 'आप समझदार होकर भी कुछ नहीं समझते, तो मैं क्या करूँ?'

रमेश, 'जो पत्नी मुझ जैसे भोले-भाले पति को, इतने दिनों बाद भी अपनी मुट्ठी में नहीं कर सकी, तो मैं क्या करूँ?'

सीमा दीन भाव से बोली, 'जो दश बातें प्यार की करे, उसकी एक धौंस भी सह ली जाती है, पर जिसकी तलवार सदा म्यान से बाहर रहती हो, उसकी कोई कहाँ तक सहे?'

सीमा की बातें सुनते ही रमेश तिलमिला उठे| इस चोट का वह इतना कठोर उत्तर नहीं दे सकते थे, तिरस्कार भरे स्वर में बोले, 'जो पत्नी एक पति को खुश नहीं कर सकती, उससे कहूँ, तो क्या और कैसे?'

सीमा को पति का अंतिम वाक्य वाण के समान लगा| वह हक्का-बक्का होकर रमेश का मुँह ताकने लगी| उसे लगा कि रमेश अकारण आज इतना निर्दय प्रहार करने लगे| उसे लगा, जो बात मैं रमेश को बताना चाह रही थी, क्या वे पहले से तो नहीं जानते हैं? आख़िरकार रमेश भीत और आहत जवान से बोले, 'सीमा! तुम जो कहना चाहती हो, खुलकर बताती क्यों नहीं हो? मुझ जैसे, अनाथ पर, मामा की तरह कम से कम तुम तो अत्याचार न करो|'

सीमा, रमेश के आहत हृदय पर फाहा रखने की चेष्टा नहीं की, और नाक सिकोड़कर बोली, 'कल कुछ ऐसा-वैसा हो गया, तो सिर्फ मेरा ही नाम बदनाम नहीं होगा| हर बात में तुम्हें क्यों बताऊँ?अपने बच्चों की अच्छाई- बुराई को जानना तुम्हारा धर्म बनता है| सिर्फ पिता बन

नींद हमारी, ख्वाब तुम्हारे   13

जाने और दो रोटी की व्यवस्था कर देने से कर्त्तव्य पूरा नहीं हो जाता?'

रमेश परास्त हो गए| जिनकी नाक पर एक मक्खी नहीं बैठ पाती थी, उसे पत्नी रूप में सीमा परास्त कर दी| कोई शब्द उसके मुँह से नहीं निकला| उसने एक बार, सीमा की तरफ लाचार आँखों से देखा, और जाने लगे| जाते-जाते बोल गए, 'सारा दोष तो मेरे सर मढ दी| अब क्या लाठियों से मारोगी, विडम्बना है, कि मर्द को आज तक कोई नहीं समझा| इतनी देर तक तुम्हारे पास बैठा, खुशामद करता रहा, पर तुम्हारे मुँह से कुछ नहीं निकला, सिवाय कोसने के|'यह कहते रमेश का गला भर आया| उसने रूमाल निकालकर आँखें पोंछी, मानो उनमें आँसू छलक रहे हों|

सीमा, पाषाण प्रतिमा की भांति अपनी जगह, बिना हिले-डुले बैठी रही| उसकी सारी बुद्धि, सारी चेतना, सारी आत्मा, मानो उमड़ी हुई लहरों में बही जा रही हो, और कोई उसकी आर्त्तध्वनि पर कान न देता हो| उसने वहीं बैठी एक ठंढी साँस ली, और फूट-फूटकर रोने लगी|

रमेश उसकी रोने की आवाज सुनकर लौट आये, और सीमा का हाथ पकड़ लिया, गला साफ़ करके बोले, 'सीमा, तुम किस संकट में हो| खुलकर मुझसे कहती क्यों नहीं हो? मैं तुम्हारी पतिभक्ति के आदर्श को समझता हूँ| तुमको मुझसे कितना प्यार है, पर अब तक, तुम नहीं समझ सकी, कि मैं तुमको कितना प्यार करता हूँ| शायद खुद से भी ज्यादा, न हो विश्वाश, तो किसी रोज, कभी भी आजमा लेना| मैं तुम्हारे लिए आग में कूद सकता हूँ, समुद्र में छलांग लगा सकता

हूँ। मेरी दुनिया तुम हो, जहाँ मैं रहता हूँ। तुमसे अलग, ज़िंदा रहने का सवाल नहीं उठता। इसलिये, सीमा, शक मुझ पर करो, मेरे प्यार पर नहीं। यह गंगा की तरह पाक है, और आकाश की तरह विस्तृत।'

सीमा, रमेश की बातों से आवेश में आकर, उठकर खड़ी हो गई, और बोली, 'अब चुप भी करो। ऐसी बातों से मुझे मानसिक कष्ट हो रहा है। फिर एक क्षण विचार करके बोली, 'रमेश! तुमको इस बात का कभी आभास मिला कि तुम्हारी दोनों बेटियाँ शादी लायक हो चली हैं। उन दोनों के लिए अच्छा घर, वर ढूंढना है।'

रमेश, आशंकित नजरों से सीमा की ओर देखकर बोले, 'सीमा, तुम होश में तो हो? क्या अनाप-सनाप बोली जा रही हो, अरि अभी तो उसके खेलने-पढ़ने के उम्र हैं। अभी उनकी उमर ही क्या हुई है?'

सीमा, क्रोध का भाव धारण कर बोली, 'रमेश, आज का माने आज नहीं, मेरे कहने का अर्थ है, वर ढूंढना शुरू कर दो। आजकल आसानी से घर-वर नहीं मिलता, ढूंढते-मिलते भी साल, दो साल लग ही जायेंगे। अभी से प्रयत्न नहीं किये, तो, दोनों बेटियाँ कुँवारी रह जायेंगी।'

सहसा आभा ने हाथ में एक पत्र लिए आई, बोली, 'बाबू! यह दरवाजे पर गिरा हुआ था। इसके ऊपर लिखा नाम से लगता है, तुम्हारे मामाजी का है।'

रमेश झिझकते हुए बोले, 'दो, हाँ उन्हीं का है।'रमेश ने हाथ में पत्र लेकर सीमा की ओर देखा, मानो कह रहा हो, एक बार पढ़कर तो

देखो| कुछ काम की बात है, या यूँ ही फिजूल की बात| बस वही पुराना रोना, रमेश, कुछ पैसे की जरुरत है| लगता है, बेटे की जगह, मुझे ही उन्होंने आफिसर बनाया है| इसलिये ₹50000/- जहाँ पाते हो, वहाँ पाँच-दश हजार मुझे भेज देना|बड़ा जरूरी काम है| सीमा ने लिफ़ाफ़े की तरफ आग्रेय दृष्टि से देखा, कहा, 'रमेश, ऐसा भी तो तो हो सकता है, मामाजी अपने दोनों बेटों से तंग आकर अपने हिस्से का धन तुम्हारे नाम करना चाह रहे हों|'

रमेश ने कराह कर कहा, 'हाँ, अब जाने का वक्त आ चला है| अपना हिसाब-किताब ठीक कर लें तो अच्छा ही होगा| अपना नहीं तो, मेरे माता-पिता का पाँच

बीघा जमीं जो उन्होंने हड़प रखा है, लौटा दें, तो बहुत है| मेरा भी भाग्य सुधर जाए, और उनका भी स्वर्ग में जगह निश्चित हो जाए| वरना इतने कुटिल-भ्रष्टाचारी के लिए नरक तो है ही, जीते जी भी और मरने के बाद भी| आश्चर्य होता है सीमा, मुझे याद है, मेरे बचपन में जब मामा जी मेरी माँ से मिलने आते थे| उनके आचार-व्यवहार से, यह समझना एक पंडित के लिए मुश्किल होता, कि इतने धर्मानुरागी आदमी इतना भी कुटिल, हो सकता है, जो प्राणीशील और परोपकार का पुतला बना फिरता था, वह इतना भ्रष्ट कैसे हो गया| यह सब देखकर मैं सोचता रहता हूँ, क्या संसार में कोई भी सच्चा, नेक, निष्कपट आदमी नहीं है?'

सीमा ने एक क्षण सोचकर संदिग्ध भाव से कहा, 'तुम इतना कुछ बता गए, बावजूद मुझे विश्वाश नहीं होता| वे तो छ: महीने, सालभर में एक बार तो यहाँ जरूर आ जाया करते हैं| वे कभी घर के कोने

को भी आँख उठाकर नहीं देखते हैं| फिर व्यंग्य कर बोली, 'अजी, तुम भी तो कम निर्दयी नहीं हो| मामा, को पैसे की सख्त जरुरत है| सोचकर तुमको दया नहीं आती|'

रमेश को सीमा की बातें बड़ी कठोर लगीं, वे झुंझलाते हुए बोले, 'ऐसे आदमी पर दया करना, दया का दुरूपयोग है|'

सीमा पत्र पढ़कर, निश्चय नहीं कर पा रही थी कि इस खबर पर खुश होऊँगा, या खिन्न| रमेश, सीमा का मुख देखकर, उसका मनोभाव ताड़ गए, बोले, 'तो पैसे की मांग आ गई|'

रमेश ने यह बात किस इरादे से कही? उसका क्या आशय है, सीमा कुछ समझ नहीं सकी| उसे यह वाक्य पहले सा जान पड़ा| यह मामा की प्रशंसा या निंदा, साधारणत: इस वाक्य का यही अर्थ है| उनको पैसा नहीं चाहिए था, बल्कि आभा और निभा के लिए लड़का खोज रखा है, लिखा है, तुमलोग एक बार आकर देख लो|

रमेश कुछ लज्जित होकर कहा, 'आज पहली बार मेरा संदेह गलत निकला| ऐसे भी मैं तो मामाजी को आँखों से देखता हूँ, पर वे मुझे हमेशा चकमा देते रहे|

सीमा के मुखमंडल पर स्नेह का जैसा गहरा रंग इस समय दिखाई दिया| ऐसा इसके पहले रमेश कभी नहीं देखा था| सोचने लगे, सीमा का हृदय इतना पवित्र है, अब तक तो मैंने उसमें जो रूप देखा था, एक विचारहीन और कठोर स्त्री का था| रमेश, सीमा के हृदय का शुद्ध, निर्मल अंत:करण की झलक देखा, रमेश के मुँह से एक शब्द

भी नहीं निकला। सीमा ने आज, रमेश के हृदय पर एकाधिकार पा लिया। दो-चार दिन में ही रमेश की दृष्टि में एक विचित्र परिवर्त्तन हुआ। उसने निर्णय किया, आज से परिवार की ख्याति और मर्यादा को सीमा की इच्छा पर बलिदान कर देंगे। वो जो कहेगी, जैसा कहेगी, वैसा करूँगा।

पौष का महीना था। तुषारावृत अँधेरा था, हिम गिर रहा था। तारों का पता नहीं, रात निर्जन निशीथ, भला ऐसे में कौन दरवाजा खुला रखता, हर कोई अपने घर के भीतर अंगेठी के पास बैठकर, आग सेंक रहा था। खिड़की का पल्ला खोलकर भी कोई बाहर झाँक तक नहीं पा रहा था। तभी किसी ने आवाज दी, 'रमेश बाबू'। सीमा ने कान लगाकर सुना, तो आवाज अनजानी थी। उसने आँगन से पूछा, 'आप कौन हैं? मैं मंगला गाँव का देवपाल सिंह हूँ। मुझे रमेश जी के मामा ने भेजा है।'मामा का नाम सुनते ही, रमेश जी के धमनियों में रक्त का तीव्र संचार होने लगा। शिताधिक्य में पसीना आने लगा। मन ही मन कहा, 'अब इस मुसीबत को यहाँ किस काम से मामा ने भेजा?'रमेश ने दरवाजा खोला, पूछा, 'आपको पहचाना नहीं, जहां तक लगता है, मैं आपको पहली बार देख रहा हूँ।'
आगन्तुक मुस्कुराते हुए बोला, 'हाँ आप ठीक कह रहे हैं, रमेश बाबू मैंने भी आपको आज के पहले नहीं देखा था'
रमेश, 'खैर छोडिये, जब जागो, तभी सवेरा। तो बताइये, आपका यहाँ आना कैसे हुआ?'
आगंतुक , कान के मफलर को ठीक से बांधते हुए बोले, 'मेरा नाम देवपाल है। मुझे यहाँ आपसे मिलने, आपके मामा ने भेजा है।'
रमेश, चाय का कप हाथ में पकड़ाते हुए बोला, 'बताइये, मैं आपकी क्या सेवा करूँ?'

नींद हमारी, ख्वाब तुम्हिरे    18

आगंतुक ने कहा, 'मेरी एक पोती है| इसकी माँ नहीं है| जब वह महीने भर की भी नहीं थी, तभी वह स्वर्ग सिधार गई| मैं अकेला हूँ, मेरी बीबी नहीं है| अब वह तीन साल की होने चली है| जब तक छोटी थी, गोद में रही, किसी तरह उसका देखभाल किया| पर अब उसके पैर हो चुके हैं| वह यहाँ-वहाँ भागती- फिरती है| उसे कौन संभालेगा? मेरा बेटा स्कूल हेडमास्टर है, पर हिंदी मीडियम स्कूल का| और उसे देना है, इंग्लिश मीडियम में; स्कूल दे आना, लाना, उसका अच्छा-बुरा सोचना, कौन करेगा? इसलिये मैं चाहता हूँ, कि अपने बेटे की दूसरी शादी कर दूँ| बच्ची को माँ मिल जाएगी, और मुझे बहू, जो घर भी संभाल लेगी, और बच्ची को भी|'

देवपाल, अपना कथन पूरा भी नहीं कर पाया, कि रमेश पत्थर भरे बादलों के सामान गरज उठे, बोले, 'तो क्या आप, अपने पोती के लिए यहाँ धाई खोजने आये हैं? बोल दीजिये जाकर मामाजी से, रमेश गरीब है, कंगाल नहीं, जो अपने मान-सम्मान की रक्षा न कर सके|'फिर मन ही मन भिन्नाते हुए बोले, 'आपके घर अपनी बेटी, अगर देना पड़े, तो पहले मैं उसे, किसी कूएँ में ले जाकर धकेल दूँ| जिन्दगी भर के दुःख से, कुछ मिनटों में, राहत पा जायेगी| क्या मामाजी की नजर में इंसान की कोई कीमत नहीं, धन ही सब कुछ है?'

देवपाल सिंह, एक मिनट तक आँखें बंद कर, रमेश की बात सुनते रहे, फिर एक लम्बी सांस खींचकर बोले, 'ईश्वर को मंजूर नहीं है, कि लक्ष्मी मेरे घर आये, नहीं तो क्या, आप ऐसा सोचते?|'

नींद हमारी, ख्वाब तुम्हारे    19

देवपाल सिंह के सारे मनसूबे धरे के धरे रह गए| घर से चले थे, तो रास्ते भर फूले नहीं समा रहे थे| पर क्या जानते थे कि ईश्वर की मर्जी कुछ और है? पर अब मैं क्या करूँ? जब मैं अनाथ उस बच्ची को देखता हूँ, तो कलेजा फट जाता है, आँखें नम हो जाती हैं| पर उसके नसीब में जो लिखा है, वही तो होगा!

देवपाल सिंह के जाने के बाद सीमा, तुनककर बोली, 'मेरी बेटी में क्या दोष है, अंधी है, कानी है या लंगड़ी, जो मैं मैं एक विधुर के साथ उसे बाँध दूँ| मेरी बेटी गोरी है, सुन्दर है, कोलेज में पढ़ती है| देखना, एक दिन कोई इंजीनियर/डाक्टर आकर मांग ले जाएगा|

सीमा, यह बात प्रशंसा पाने के लोभ में कही| पति को यह दिखाना चाहती थी कि मैं अपनी दोनों बेटियों से कितना स्नेह करती हूँ| लेकिन रमेश इस उधेड़-बुन में पड़ गए कि देवपाल सिंह को, भगाकर कहीं मैंने कोई बड़ी गलती तो नहीं कर दिया| लड़का पढ़ा-लिखा है, स्कुल का हेडमास्टर है, अपना बीस बीघा जमीन है| माना कि एक बच्ची का वह पिता है, तो क्या हुआ? वह तो एक दिन ब्याह कर चली जायेगी| कोई धन में हिस्सा मांगने तो आएगी नहीं| बाबजूद मेरा हृदय उसके प्रति इतना कठोर कैसे हो गया, जो मैं उसे अपनी बेटी का दुश्मन समझ बैठा, और शादी से इनकार कर दिया|

सीमा, स्नान कर तुलसी के पौधे में, जल ढाल रही थी, और रमेश उस ओर ताक लगाये स्तम्भित सा खड़ा था| जिसका मर्म वह खुद भी नहीं समझ रहा था| जिन आँखों में अभी पश्चाताप के आँसू भरे हुए हैं, कुछ देर पहले देवपाल जी के सामने अकस्मात् इतनी ज्वाला कहाँ से आ गई थी? जिन अधरों से अभी सुधावृष्टि हो रही है, उनमें,

उस समय विष प्रवाह क्यों होने लगा था? उसी अर्द्धचेतना की दशामें बोले, 'सीमा! अभी मुझे भूख नहीं है, तुम खा लेना|'

सीमा घूमकर बोली, 'क्यों भूख नहीं है, तो सुबह ही क्यों नहीं बता दिए? मैं आज खाना नहीं बनाती? इसके पहले तो तुमने कभी खाना का त्याग नहीं किया था| आज क्या हो गया?'

रमेश, पत्नी की बात न सुनकर, अपनी ही चिंता के अपार सागर में डुबकियाँ लगाए जा रहे थे| एकाएक सीमा ने आकर कहा, 'पत्थर की भांति तुम खड़े क्यों हो, मानो संज्ञाहीन हो गए हो? क्या देवपाल के चले जाने का गम हो रहा है? अगर ऐसा है तो देर किस बात की, उनके घर चले जाओ| उनका घर अमेरिका-इंग्लैण्ड में तो है नहीं, जो वीसा बनवाना होगा| वीसा तो मुझे दरवाजे पर बैठने के लिए लेना पड़ता है| देवपाल का घर तो पाँच कोस दूर है|'

भोर हो गया था, परन्तु रमेश को नींद न आई| जब से देवपाल लौटकर गए, उसके चित्त पर एक वैराग्य सा छाया हुआ था| वह कारुणिक दृश्य, उनके स्वार्थ के तर्कों को छिन्न किये देता था| अपना विरोध, सीमा का निराशायुक्त हठ का अब उन्हें लेशमात्र भय नहीं था| दुनिया को जो कहना है कहे, अब मुझे, एक बार फिर से सोचना ही होगा| सीमा, प्राण देने का भय दिखायेगी, मैं सीमा के लिए इतना बड़ा घर-वर त्याग नहीं करूँगा| मुझे भी, अच्छा-बुरा सोचने आता है| अंतत: मुझे कदापि विलम्ब नहीं करना चाहिए| आभा के उज्जवल भविष्य की बागडोर अभी मेरे हाथ में है| जब मैं अमृत बन सकता हूँ, तो विष क्यों बनूँ?

सहसा मदन कमरे से खांसने की आवाज आई| आवाज पहचानते ही रमेश के चेहरे का रंग उड़ गया| मन ही मन कहा, 'अरे ये तो मामाजी के खांसने की आवाज है| रमेश बाहर से ही कठोर आवाज में पूछे, 'आप कौन हैं?" उसी समय मामाजी आकर सामने खड़े हो गए, बोले, 'तुमसे एक जरुरी काम है| तुमने ख़त का जवाब तक नहीं दिया| आखिर मैं क्या करता, सो खुद ही चला आया|'रमेश सकुचाते हुए चारपाई दिखाकर कहे, 'आइये बैठिये!'

मामाजी बैठते हुए बोले, 'बेटा ढीला-ढाला कमीज फेंको| सिल्क का कुर्ता, चुनरदार पाजामा पहनो| जयपुरी साफा बांधो, आँखों में सुरमा और बालों में हिना का तेल लगाओ, दोहरा कमरबंध बाँधो|

रमेश, चकित होकर बोले, 'वो क्यों?'

मामा, रंगीलेपन का स्वांग रचते हुए बोले, 'समधी मिलन तो करना होगा न|'

रमेश, उस समय बातें तो हँसी में उड़ा दिया, जैसा कि एक व्यवहार-कुशल मनुष्य को करना चाहिए| लेकिन इसमें से कुछ बातें उनके मन में बैठ गईं|उनका असर पड़ने में कोई संदेह नहीं था| थोड़ी देर इधर-उधर की बातें हुईं, पर तुरंत ही बात, आभा पर आ टिकी|, बोले, 'तब आभा के बारे में क्या सोंचा? घर-वर अच्छा है, तुम्हारी बेटी जीवन भर सुखी रहेगी| एक बार सोचकर देख लो, जैसा कहोगे, वैसा करूँगा|'

दूर खड़ी, माँ सीमा पर मामा की बात सुनकर, मानो बज्र गिर गया| आँसुओं के आवेग और कंठस्वर में घोर संग्राम होने लगा| दोनों ही पहले निकलने के लिए तुले हुए थे| किसी तरह, दोनों को काबू कर, अपने कमरे में जाकर बैठकर सोचने लगी| कदापि देवपाल सिंह के घर मेरी बेटी, सुखी-संपन्न जीवन बिताये| सुख भोग के वहाँ सभी सामान प्राप्त हैं| हमें और क्या चाहिए? खानदानी अमीर के साथ लड़का मास्टर है, हमें और क्या चाहिए? और इस पर संदेह नहीं कि आभा विलास की सामग्रियों पर जान देती है| जब देखो, आईने के पास खड़ी रहती है| लेकिन इस जरुरत को पूरी करने के लिए एक बच्चे के पिता से विवाह करना, यह भी ठीक नहीं है| वह मान भी ले, पर मुझें ऐसी शादी मंजूर नहीं होगी| माना कि उस घर की बहू बनकर, आभा को समाज आदर की दृष्टि से देखेगा? लेकिन यहाँ मेरे सगर्व हृदय को, पग-पग पर लज्जा से मुँह छिपाना पड़ेगा|

परन्तु रमेश को आज ज्ञात हुआ कि मामा जी मुझे गरीबी से उबारना चाहते हैं| कितनी उदारता के साथ मेरी सहायता के लिए उत्सुक हैं| अब रमेश के हृदय में, मामा के प्रति घृणा के स्थान पर श्रद्धा उत्पन्न हो रही थी| आप ही आप से, मन ही मन कहने लगे, अब मामा जी पहले जैसे नहीं रहे| काफी बदलाव आ गया है| मैं खामखाह इनके दुराचार का दोष, इनके सिर पर रख रहा था|उन्होंने मेरे साथ, पहले चाहे जितना अन्याय किया हो, लेकिन आज एक सज्जन पुरुष की भांति मेरी सहायता करना चाहते हैं| मुझे उनके पैरों पर गिरकर यह कहना चाहिए| मामाजी आप इस अभागा पर इतना उपकार कर रहे हैं| इसका ऋण चुकाने के लिए मेरे पास कुछ नहीं है| पर ईश्वर आपको, इसके बदले, इनाम स्वरुप बहुत कुछ देंगे|

नींद हमारी, ख्वाब तुम्हारे     23

मामाजी आत्मीयता के साथ पूछे, 'तो क्या इस सम्बन्ध को में तुम्हारी तरफ से पक्का मान लूँ?'

रमेश, अभिमान भरी मुसकराहट के साथ कहा, 'मेरे तो माता-पिता जो भी हैं, आप हैं| आपकी बात, सर आँखों पर, मेरी तरफ से पक्का है| आगे आप जैसे कहेंगे?

रमेश, मामा को कुछ दूर तक छोड़ने चले गए| मगर सीमा, अंधेरे घर में चुचाप सर झुकाए बैठी रोती रही| कुछ देर बाद जब रमेश लौटकर घर आये, सीमा को रसोई-घर में न पाकर, इधर-उधर ढूंढते-ढूंढते, जब उसके कमरे में पहुँचे, देखे, सीमा रो रही है| यह देखकर, रमेश एक क्षण के लिए ठिठक गए, फिर बोले, 'यह क्या सीमा इस ख़ुशी कि घड़ी में तुम रो ताहि हो| अरि! हमें तो आज ख़ुशी मनाना चाहिये| गुदड़ का रत्न आया है, रत्न| अब मेरी बेटी गरीब की बेटी नहीं, एक अमीर की बहू कहलाएगी|

सीमा, बीच में ही, रमेश की बात काटकर बोल पड़ी, 'आभा के साथ, तुमने अन्याय किया है, रमेश| तुमने मामा की बातों में आकर, इस शादी के लिए हामी भर दी, जो कि नहीं करना चाहिए था| बात पक्की करने की इतनी जल्दी क्या थी? तुम सोचते हो, देवपाल एक धनी आदमी है| उससे रिश्तेदारी कर समाज में हमारा मान बढ़ जायगा| रमेश प्रतिष्ठा अगर धन से होती, तब देवपाल, हमारे कंगाल की चौकठ पर आकर नाक क्यों रगड़ते? गुलामों की तरह हाथ बाँधे क्यों खड़े रहते?'

रमेश ने क्रुद्ध होकर कहा, 'सारा दोष मेरे सिर मढ़ती रही हो| जब देवपाल जी थे, तब क्यों नहीं मुझे बताई? अब तो जबान दे चुका हूँ, तुम्हीं कहो, आगे मुझे क्या करना चाहिए, जबान से फिर जाऊँ? जो कि आज तक मैंने नहीं किया, पर हाँ, अपनी जबान की कीमत कम न हो| मामा से जाकर, उनका चरण पकड़कर क्षमा मांग लूँगा, और बोल दूँगा, अभी दो-एक साल आभा की शादी नहीं देने की बात सोच रहा हूँ| आगे कभी विचार हुआ, तब आपको बताऊँगा|'

सीमा ने रमेश को खाट पर बैठने के लिए कहकर, स्नेह से पूर्ण कोमल स्वर में बोली, 'तो तुम, अपना मन इतना छोटा क्यों करते हो कि तुम्हारी बेटी एक धनी परिवार की बहू नहीं बन सकेगी| रमेश, जीने के लिए धन ही सब कुछ नहीं है| सत्पुरुष धन के आगे सर नहीं झुकाता| तुममें सच्चाई है, न्याय है, त्याग है| पुरुषार्थ है, लोग तुम्हारी खुद उपासना करेंगे, और एक से एक धनी परिवार, आभा को अपने घर की बहु बनाने के लिए तरसेंगे| क्यों, मैं मानती हूँ कि हमारी सारी आत्मिक, बौद्धिक और शारीरिक ताकतों का सामंजस्य ही धन है|'

रमेश, सीमा की बात सुनकर, स्वर्ग स्वप्न से चौंककर कहा, 'गलत जानती हो सीमा, धन रूपी दीपक का उजाला दूर तलक जाता है, पर तुम जिसे धन कहती हो, वह आत्मधन है, जिसे कोई नहीं पहचानता|'

यह सुनकर सीमा का चेहरा उतर गया| निराशा, असंभव को संभव बना देती है, जैसे कच्चे रंग पर पानी पड़ जाए| सीमा, निष्ठुर भाव से बोली, 'तो फिर देर किस बात की? जाकर मामाजी से बात करो, शादी के लिए कहाँ, कैसे और कितना खर्च आयेगा?' सीमा के विचार

से कुछ दूर तक सहमत होने के बाद संध्या समय बेचैनी की अवस्था में उठकर रमेश, मामाजी के घर जाने की बात बोलकर, घर से निकले| गाँव से कुछ दूर ही चले थे, कि रमेश ने देखा, 'तालाब के किनारे, शिला पर एक वैरागी पश्चिम की ओर मुँह किये ध्यानमग्न है| सूर्यास्त की अंतिम किरण उसके बरौनियों में घुसने के लिए, छटपटा रही है| परन्तु वैरागी अटल है| उसके अंग पर ब्रह्मचर्य की रुक्षता है| यौवन के अग्नि निर्वेद की आग से ढंकी है| शिलाखंड के नीचे की पगडंडी से होकर एक लड़की वैरागी के पास आई और वैरागी से बोली, 'मैं रास्ता भटक गई हूँ, शाम ढलने वाली है| दूर तक कोई गाँव, बस्ती दिखाई नहीं दे रही| तुम कहो, तो मैं यहीं तुम्हारे आश्रय में रात रह जाऊँ?'

वैरागी का ध्यान टूटा, देखा, 'एक बालिका, आश्रय मांग रही है| वैरागी, आँधी के झोंके में हिले वृक्ष की तरह तिलमिला उठा, कहा, 'बिल्कुल नहीं, तुम दूर कहीं जाओ| यहाँ मेरे पास आश्रम में तुम्हारे रहने के लिए जगह नहीं है|'

बैरागी की बात सुनकर, वह तिरस्कार की दृष्टि से एक बार वैरागी की ओर देखी, 'बोली, वैरागी! तुम क्या किसी दिशाहीन को आश्रय दोगे? जो अपना गृह त्यागकर पुत्र-मुख दर्शन का सुख भुलाकर, माता के अंक से दूर, अपने यश विभव को छोड़कर, एक तुच्छ शिलाखंड पर आकर बैठ जाए| पत्थर पर बैठते-बैठते तुम्हारा हृदय भी पत्थर का हो गया है| तुममें न दया है, न करुणा, तुम तो खुद आश्रयहीन हो| तुम क्या दूसरों को आश्रय दोगे, युवती के स्वर में विकृति थी|'

देखते-देखते सूर्यास्त हो गया, चारो तरफ अँधेरा छा गया, और वैरागी उस अंधेरे में विलीन हो गया| लड़की अकेली रह गई|

रमेश अब तक वहीँ दूर खड़ा, सब देख रहा था| वह लड़की के पास गए, बोले, 'बेटी, तू मेरे साथ चलो, तुम्हारी उम्र की मेरी दो-दो बेटियाँ हैं| चलो, मेरे घर चलो| मैं गरीब तो हूँ, पर इतना भी नहीं कि एक भूखे के लिए, घर में नमक और आटा नहीं| लड़की एक दीर्घ नि:श्वास लेकर उठ खड़ी हुई, और बोली, 'आप इंसान नहीं देवता हैं|'

रमेश, बेटी मुझे इंसान ही रहने दो, देवता तो पत्थर के बने होते हैं| वह दूसरों के दु:ख में पसीजते नहीं हैं| तुम मुझे देवता नहीं, चाचाजी कहो, और मैं बेटी बोलकर बुलाऊँ| मेरी दो बेटियाँ हैं, उनके नाम, आभा और निभा हैं, पर तुम्हारा नाम क्या है? उसने धीरे से कहा, 'मंगला'|

रमेश ने मंगला के चेहरे की ओर देखा, व्यथित स्वर में बोले, 'एक बात पूछूं, 'बेटा! तुम, अकेली कहाँ जाने निकली हो? क्या तुम्हारे घर पर और कोई नहीं है?'

मंगला ने आँखों के आँसुओं को रोकते हुए कहा, 'कहने को तो सभी हैं, माँ-बाप, भाई-बहन, हर कोई है, पर सभी पराये बन चुके हैं| अपने ही घर में मैं एक भिखारिन हूँ| जब से मेरे पति का स्वर्गवास हुआ, अपनों ने उनके साथ मेरा भी श्राद्ध कर दिया| अब तो घर के कोने में बैठने तक नहीं देते, इसलिये, मैं खुद के लिए आश्रय ढूंढ रही हूँ| यह कहकर वह रमेश के पैरों पर गिर गई, बोली, 'चाचा, आप अपने घर रहने दो| मैं तुम्हारे घर की सफाई करना, पशुओं का

चारा काटना, सब कुछ कर दूँगी| बदले में, मेरे बैठने के लिए थोड़ी सी जगह दे देना|'

रमेश ने झुककर उसके पीठ पर हाथ फेरते हुए स्नेह स्वर में कहा, 'डर मत बेटी, डर मत, मेरा घर, तेरा घर है| यहाँ आराम से, जितना दिन चाहो, रह सकती हो|जैसे मेरी दो बेटियाँ हैं, वैसी ही तू भी मेरी बेटी है| मैं जब तक ज़िंदा हूँ, तू किसी तरह की चिंता मत कर| मेरा घर होते, तुझे और कहीं ठौर खोजने की जरूरत नहीं है|'

मंगला, सांत्वना पाकर फबक-फबक कर रोने लगी, बोली, 'चाचा! अब तुम्हीं मेरे माँ-बाप हो| मुझे अनाथ मानकर, अपने घर आश्रय दे दो| वरना, ये बेरहम दुनिया मुझे कच्चा चबा जायेगी| मंगला सकुचाती हुई, रमेश के पीछे-पीछे चलती उसके आँगन में जब पहुँची, देखी, लोग वहाँ कितने चैन से रहते हैं| ओसारी में पलंग है| उस पर सुजनी का नरम विस्तार बिछा हुआ है| बिल्कुल वैसा है, जैसा उसके पिता के घर बिछा रहता है| खुला आँगन, आँगन में तुलसी के पौधे, पौधे के नीचे दीया जल रहा है|

दूसरी ओर, चना-गेहूँ से भरे बोरे का ठेक लगा है, शायद व्यापारी को देने के लिए| घर के खपरैल पर, कद्दू, झींगा लटक रहे हैं| दरवाजे पर गाय बंधी है| मंगला ने सोचा, चाचा के घर वाले का जीवन कितना ख़ुशहाल है?

मंगला ने घर के चारो तरफ नजर दौड़ाई| देखी, एक खटोले पर बैठी, चाचा की दोनों बेटियाँ, उसे गौर से घूरे जा रही है, पर संकोचवश बोलती कुछ नहीं है, क्या मेरा आना उसे अच्छा नहीं लगा| उसका

सारा उत्साह ठंढा पड़ गया| यहाँ पहुँचकर वह पहले से भी दुःखी हो गई, और मन ही मन तय की, मुझे यहाँ नहीं रहना चाहिए| वह संज्ञाहीन हो भूमि की ओर ताक रही थी, सोच रही थी, 'जीवन में बहुत अपमान सहा| बहुत दुर्दशा देखी| परन्तु आज का यह दुःख, लज्जाहीन न होकर मुझे डरा रहा है, जो इसके पहले कभी नहीं था|

उसका चित्त व्यग्र था| वह धीरे-धीरे, वहाँ से निकल गई, दरवाजे पर आकर सोचने लगी कि अब कहाँ जाऊँ? उस वैरागी की निर्दयता ने उसे उतना दुःख नहीं दिया था, जितना कि चाचाजी की बेटी बात नहीं कर दी|अब उसे मालूम हुआ कि अपने घर से निकलकर बड़ी भूल की| मैं चाचा के बल पर कूद रही थी, सोच रही थी, चाचा की तरह उनके परिवार भी दयालु होंगे| पर यहाँ पता चला कि चाचाजी दर असल एक रंगे हुए सियार हैं| अब अपने घर के सिवा मेरा और कोई ठिकाना नहीं है| मुझे दूसरों की चिरौरी करने की जरुरत ही क्या? क्या मेरा कोई घर नहीं था? क्या मैं इसके घर जन्म काटने आई थी? ओह! क्रोध में बुद्धि भ्रष्ट हो जाती है, मुझे अपना घर नहीं छोड़ना चाहिये था, और तो और, एक अंजान आदमी पर विश्वास कर इनके घर नहीं आना चाहिए था| मैंने अपने पाँव में आप ही कुल्हाड़ी मारी|

यह सोचते, मंगला आगे बढ़ी, थोड़ी दूर चलकर उसके विचारों ने फिर पलटा खाया| मैं कहाँ जा रही हूँ? अब मेरे माँ-बाप, हरगिज नहीं घर में घुसने देंगे| पूछेंगे, कलमुंही रात किसके साथ गुजारकर आई हो? वहाँ रहते हुए ही तो कई बार सहेली के घर से देर कर लौटने पर वे लोग संदेह कर चुके हैं| आज तो मुझे घर से बाहर रहते चौब्बिस घंटे बीत चुके हैं, और शामत के मारे फिर मैं वहीँ जा रही

नींद हमारी, ख़्वाब तुम्हारे    29

हूँ, जहाँ मुझे नहीं जाना चाहिए| वे लोग तो, अब मुझे दूर से ही दुल्कार देंगे| अपनों के यह दुल्कार सहने से तो अच्छा है, अंजान चाचा के घर की नौकरानी बनकर रह जाऊँ| क्या हुआ, जो चाचाजी की बेटी मुझसे बात नहीं की| करती भी तो क्यों? मैं उसकी रिश्तेदारी में तो हूँ नहीं, रहने की जगह दे दी| क्या यही मेरे लिए काफी नहीं है|

यह कहते मंगला की आँखें भर आईं| आध घंटे तक वह रस्ते पर खड़ी रही, पर देहात का रास्ता, शीघ्र ही सूना हो गया| वह किसी अनहोनी का विचार कर डर गई, और चाचाजी के घर लौट जाने का निश्चय की| अब विचार को बहलाने का समय नहीं था, बल्कि मन और बुद्धि की सभी शक्तियों का संचय परमावश्यक था| अकस्मात, उसने किसी आकृति को अपनी तरफ आते देखी| वह उछल पड़ी, ध्यान से देखा तो गाय थी| भय कम हुआ, किन्तु वह वहाँ से एक इंच भी नहीं हिली| वह अपने भीरु मन को लज्जित करने के लिए, कुछ देर वहीं खड़ी रही| यह उसका विचित्र साहस था| जब कि, उस सूनी राह पर ज़रा सी पत्ते की खड़कन भी उसकी जान ले सकती थी| इस परीक्षा से साहस कर किसी तरह वह निकली, और हृदय में आत्मग्लानि लिए, सर झुकाये चाचा के आँगन में जाकर खटिया पर बैठ गई|

मरता क्या नहीं करता, वह वहाँ से उठी, और लज्जाहीन हो, आभा के कमरे में पहुँच गई| ग्लानि, मंगला के मुख-मंडल को कुम्हला दिया था| आभा ने विस्मित होकर, मंगला के मुख की ओर देखकर पूछा, 'मंगला, यह क्या, तुम तो काफी परेशान लग रही हो| क्या हुआ है, तुम्हारी परेशानी का कारण क्या है? क्या घर की याद आ रही है?

मंगला कुछ जवाब न देकर, कमरे के चारो तरफ नजर दौड़ाई, बोली, 'बहन, चाचाजी नहीं दीखते हैं| वे कहीं बाहर गए हैं क्या?

आभा, शर्माती हुई बोली, हाँ ऐसा ही कुछ समझो| तभी सीमा (आभा की माँ) वहाँ आ पहुँची, बोली, 'आभा के लिए वर ढूंढधने तुम्हारे चाचा, अपने मामा के घर गए हैं| जो सब कुछ ठीक रहा, तो महीने, दो महीने में, इसकी शादी दे दूँगी| उसके बाद निभा के लिए वर ढूंढधा जायगा| चाची की बातें सुनकर, मंगला सोचने लगी, मैं कैसी अभागिन हूँ| और तो और, मेरे माता-पिता भी मेरी सूरत नहीं देखना चाहते| उन दोनों के दिल को, अपनी सेवा से, प्यार से कितना भी जीतना चाही, जीत न सकी| मेरे सर बदनसीबी का जो टीका लगा हुआ है, जो धोने से धुल नहीं सकता| इसके लिए कोई दोषी नहीं, मेरा भाग्य है| यह सब मेरे कर्मों का फल है| मैंने निश्चय ही, पिछले जनम में कोई बुरा कर्म किया होगा, अन्यथा मेरी आज ऐसी दुर्गति नहीं होती| आज कपड़े, रोटी के लिए तरसती हूँ| एकाएक उसकी आँखें झपक गईं|उसने देखा, चाची उसके सामने खड़ी, दयापूर्ण नेत्रों से, उसकी ओर ताक रही है| मंगला उसके चरणों पर गिर पड़ी, और दीन भाव से बोली, 'चाची, मेरी छाया से दूर रहिये| मैं एक विधवा हूँ| सीमा, एक क्षण तक मंगला की ओर ताकती रही, मानो अपने कानों पर विश्वास न हो पा रहा हो| सीमा शोक विह्वल होकर बोली, 'बेटी! तुम यह सब अनाप-सनाप क्या बोल रही हो? अभी तुम्हारी उम्र ही क्या हुई है, जो तुम विधवा हो गई?'

चाची की बात सुनकर मंगला की आँखों से टप-टपकर आँसू गिरने लगे| रोते-रोते हिचकी बंध गई| फिर सिसक-सिसककर बोली, 'जब मैं आठ साल की थी, तभी मेरे पिता, अपने बचपन के मित्र, सरयुग

<table><tr><td>नींद हमारी, ख्वाब तुम्हारे</td><td>31</td></tr></table>

राम के बेटे (जो कि मुझसे दश साल के बड़े थे) के साथ मेरी शादी कर दिये| जब मैं दश साल कीहुई, तब एक दिन देखा, मेरे माता-पिता, दादा-दादी सभी जोर-जोर से रो रहे हैं, और मुझे भी रोने के लिए, कह रहे हैं| जब मैंने पूछा, 'आप सभी क्यों रो रहे हैं? तब मेरी माँ ने मुझे गले लगाकर कहा, 'बेटी! तुम आज विधवा हो गई| तुम्हारी तक़दीर जल गई|'मैंने पूछा, 'मेरी शादी हो गई? पर कब, किसके साथ?'माँ ने कहा, 'सरयुग राम के बेटे के साथ| आज उसका देहांत हो गया, तुम विधवा हो गई| अभी से पहाड़ सी जिन्दगी, तुम अकेले कैसे काटोगी, आदि.आदि?'बोलती रही, मैं सुनती रही, पर मेरी आँखों से तब भी आँसू नहीं निकले| बल्कि मैं चकित थी, कि माँ क्या बोल रही है?

उसके बाद, माँ-बाप और ससुराल वाले, दोनों ही मुझे कुल का कलंक समझने लगे| हमेशा उनलोगों की यही इच्छा रहती थी, कि किसी तरह उनका घर छोड़ कर कहीं चली जाऊँ| इसमें भी दोनों कुल की जगहंसाई होगी, और न जाने प्रबल भावी किस मार्ग पर ले जाए| एक अकेली, उस पर विधवा के लिए सुन्दरता प्राणघातक यंत्र से कम नहीं होता| ईश्वर, वह दिन न आये, कि मैं उन दोनों कुलों के लिए फिर से एक बार कलंकिनी कहलाऊँ| तय किया, मेरा विवाह जिससे हुआ (भले ही मैंने उसे कभी नहीं देखा) फिर भी हृदय में उसकी उपासना करूँगी| पर कंठ से बाहर उसका नाम नहीं निकालूँगी|

मंगला की दर्द भरी कहानी सुनकर सीमा, द्रवित हो उठी| दुःख प्रकट करती हुई बोली, 'मंगला, तुम्हारा कठोर व्रत, वैधव्य का आदर्श देखकर, आज मैं यह मानने के लिए वाध्य हो गई हूँ| तुम्हारी

बातों से लगता है कि तुमने अपनी देव-प्रतिमा को अपने उन्नतशील विचार के शृंगार से सजाकर, हृदय की कोठरी को मंदिर बना दिया है, और कोई ऐसा कहाँ कर पाते हैं? घंटों से चुपचाप, पीछे खड़े चाचा, दोनों की बातों को सुन रहे थे, बीच में ही बोल पड़े, 'सीमा, आकाश असीम है, आकाशदीप को उस ओर ले जाने का यही संकेत है| जो कि मेरी समझ से गलत है| अभी मंगला की उम्र ही क्या है, खेलने-खाने के दिन हैं| चाचा की बात सुनकर, मंगला के हृदय में तीव्र अनुभूति जाग उठी| एक क्षण में उस भिखारी की तरह, जो एक मुट्ठी भीख के बदले अपना समस्त संचित आशीर्वाद देना चाहता है| उसने मन ही मन कहा, 'आप मेरे सगहे चाचा से भी बढ़कर हैं|'

सीमा ने देखा, 'मंगला के मुख पर, आत्मनिर्भरता और संतोष की गंभीर शांति है| स्त्रियों का हृदय, अभिलाषाओं का क्रीड़ास्थल है| किन्तु मंगला का हृदय, मंगला का मस्तिस्क, इस किशोर अवस्था में ही कितना उदासीन और शांत है| वह मन ही मन मंगला के सामने प्रणत हो गई|

सीमा, रमेश से अनुग्रह भाव से कही, हाँ तो, वहाँ रमेश बोले, 'जैसा सुना था, वैसा ही देखा| घर में सब मिलाकर तीन प्राणी हैं| लड़के को एक तीन साल की बच्ची है, नाम है सल्लू| पत्नी को संसार छोड़े दो साल गुजर चुके हैं| माँ नहीं है, पर पिता हैं, देवपाल जी| वे भी पचहत्तर के हैं| सब कुछ वैसा ही देखा, जैसा कि मामाजी ने बताया था| सीमा ने कुछ सोचकर, उठकर खड़ी हो गई, बोली, 'रमेश क्या ही अच्छा होता, कि लड़का एक नजर आभा को देख लेता| पसंद-अपसंद की बात ख़तम हो जाती, और सबसे बड़ी बात, आभा भी, अपने होने वाले, जीवन-साथी को देख, पहचान लेती|'

नींद हमारी, ख़्वाब तुम्हारे    33

दूसरे दिन, गाँव के स्कूल में दोनों के मिलाप की व्यवस्था की गई| दोनों पक्ष वहाँ पहुँचे| विष्णु (आभा का होनेवाला पति) जब आभा को देखा, देखता ही रह गया| विस्मित होकर, कभी आभा के माँ-बाप को देखता, तो कभी आभा को| मानो किसी नई दुनिया में पहुँच गया हो| विष्णु आभा की तरह अधखिला फूल नहीं थे, जिसकी पंखुड़ियाँ अनुकूल जलवायु न पाकर सिमट गई हों| यह पूर्ण विकसित फूल था, ओस के जलकणों से जगमगाता और वायु के झोंकों से लहराता हुआ| उसने पहली ही नजर में आभा को देखकर, मन ही मन कहा, 'यह तो ज्योति की अग्निज्वाला है| जिससे, हृदय में ताप और आँखों में जलन होती है| ये आभूषण, यह दामी पोशाक, वह सोच नहीं पा रहा था कि यह सब, प्रत्यक्ष है कि सपना| आभा अभी तक स्तंभित खड़ी थी| उसने नमस्ते तक नहीं बोला, न ही एक ग्लास पानी, ही पीने के लिए आग्रह की| उसकी ओर ग्लास बढ़ाई और हतबुद्धि सी हो गई थी|

विष्णु, आभा की सुंदरता में लीन सोचते रहे, क्या सचमुच संसार जो कहती है, वह सत्य है कि गुण के सामने रूप की कोई हस्ती नहीं| हमारे नीतिशास्त्र के आचार्यों का भी यही कथन है| पर वास्तव में यह कितना भ्रममूलक है| हमारे पड़ोसी, सुधाकर जी की पत्नी, सुन्दरी, गृहकार्य में कितनी निपुण, पति के इशारे पर प्राण देने वाली, अत्यंत विचारशील, मधुरभाषिनी और धर्मभीरु स्त्री थी| पर सौन्दर्य विहीन होने के कारण, पति की आँखों में काँटे की तरह खटकती थी| बात-बात पर, सुधाकर जी उस पर झुंझलाते, पर उसके व्यवहार को यादकर घड़ी भर बाद ही क्षमा मांगते, और पुन: दूसरे दिन सुबह उठकर, वही कुत्सित व्यवहार शुरु हो जाता| विपत्ति यह थी, सुधाकर

का आचरण बिल्कुल साफ़-सुथरा था| भ्रष्ट नहीं था| वह दाम्पत्य जीवन में ही आनंद, सुख-शन्ति, विश्वास, प्रायः सभी ऐहिक और परमार्थिक उद्देश्य पूरा करना चाहते थे| किन्तु, पत्नी की कुरूपता, यहाँ बाधक बन खड़ी हो जाती थी| जिसके कारण, वह पत्नी से दूरी बनाये रखता था, और दाम्पत्य सुख से वंचित रहने के कारण, उसे अपना जीवन नीरस, स्वादहीन और कुंठित लगने लगा था| फल यह हुआ कि वे पत्नी से दूर-दूर, डरा-डरा सा रहने लगे| उधर पत्नी अपने पति को खुश रखने के लिए, अपनी गलतियों को छिपा लेती| पति खुश रहे, अपने गुणों को छिपा लेती, अपनी आत्मा की अवहेलना करती, पर यह सब करके भी पति की नजर में उठने की जगह, और गिरती चली गई| नित्य नए श्रृंगार करती, बिंदिया लगाती, पायल पहनती, फिर भी अपने लक्ष्य से दूर ही रहती चली गई| उसका प्यासा हृदय, पति के मुख पर एक मुस्कान देखने के लिए प्यासा का प्यासा ही रह जाता| उसका दिल तड़प-तड़पकर रह जाता| वह पति के सम्पूर्ण अखंड प्रेम के लिए तड़प उठती थी|

धीरे-धीरे उसके मन में भी यह विचार आने लगा कि क्यों नहीं, इस क्रूर, हृदयशून्य, मनुष्य के साथ मैं उसी तरह का व्यवहार करूँ, जैसा कि वह मेरे साथ करता आ रहा है| जो पुरुष रूप का भक्त है, वह प्रेमभक्ति के योग्य नहीं हो सकता; क्योंकि सुंदरता जो सुधाकर के हृदय द्वार पर बैठी हुई है, वह मुझे अन्दर नहीं जाने देती| अंत में, चिंता और अधिकार से ग्रस्त पड़ोसी की पत्नी, जर्जर और शिथिल होकर परलोक सिधार गई| पति ने उसकी लाश पर दो बूंद आँसू तक न बहाया| फिर मैं कैसे कर मानूं कि रूप न देखो, गुण को देखो!

नींद हमारी, ख्वाब तुम्हारे    35

विष्णु इन्हीं विचारों में डूबे हुए थे, कि तभी मामाजी आ पहुँचे, और एक कोने में अकेले में ले जाकर पूछे, लड़की पसंद है? विष्णु ने शमति हुए कहा, 'आपकी पसंद है|'

तभी मामाजी ने सावधान करते हुए कहा, 'याद रहे बेटे, अर्जुन की बात, किसी हाल में नहीं निकलनी चाहिए, बस बात सल्लू (विष्णु की बेटी) तक रहे|'

विष्णु ने झेंपते हुए कहा, 'जैसा आपका हुक्म|'

आभा और विष्णु की शादी सम्पन्न हुई| विष्णु को तो आशा ही नहीं थी कि यह सम्बंध हो सकेगा| वो तो चाचाजी की विशाल बुद्धि की बलिहारी है कि उन्होंने सिर्फ सल्लू बिटिया की बात बताई, अर्जुन को छिपा लिया| वरना कोई कुमारी कन्या, दो बच्चों के बाप से क्यों शादी करे| ऐसे भी, शादी होगी, आशा कम ही थी, लेकिन उसके पिता को यह रिश्ता पसंद था| वहाँ वह क्या करती? सहेलियाँ तो उसे

बहुत समझाती थी कि लड़के को पहले से ही एक बेटी है| उससे शादी मत कर, मगर पिता के सामने सर झुकना पड़ा| जैसा कि चाचा (मामा जी) जी का कहना है कि आभा, पिता की बहुत बड़ी भक्त है| अगर पिता उसे किसी देवता के बलिदान की बलि पर चढ़ा देते, तब भी वह मुँह नहीं खोलती| केवल विदाई के समय वह रोई| उसे इस बात का हमेशा ध्यान रहा कि पिताजी को यह शंका नहीं हो कि मैं इस शादी से खुश नहीं हूँ| और उसके पिता की आँखों में, वर से बढ़कर, वर का धन मूल्यवान वस्तु था| आभा को भी जीवन का क्या अनुभव था, ऐसे महत्त्व के विषय में पिता का निर्णय ही, निश्चित रूप से मान्य था| उसका चित्त सशंक था| पर उसने जो कुछ अपना कर्त्तव्य समझ रखा था, उसका पालन किया| यह सोचकर कि, मेरा प्राण भी चला जाय, तो अपने कर्त्तव्य के आगे तृण है|

इधर आभा और विष्णु का प्रेम दिन-दिन घनिष्ट होता गया| धन का अभाव तो था नहीं, वह जब भी वस्त्राभूषणों से सजकर, तैयार होकर, आईने के सामने खड़ी होती, और अपने सौन्दर्य की आभा देखती, तो उसका हृदय एक सतृष्ण कामना से तड़प उठता था| उसके हृदय में एक ज्वाला सी उठती| मन आता, इस घर में आग लगा दूँ| अपनी माता-पिता पर क्रोध आता| पर सबसे अधिक क्रोध, बेचारी सल्लू पर आती, सोचती जो बाधक नहीं होती, तो मैं विष्णु के साथ गई होती| वह सदैव ताप से जलती रहती| लंगडा घोड़ा पर भला कौन सवार होना चाहता है, उससे तो अच्छा पैदल चले| आभा की दशा, लंगड़े घोड़े पर सवार की सवारी जैसी थी, जो वह उल्लासमयी जिन्दगी का आनन्द लेना चाहती थी| वह भी विद्युत् गति से, जो कि संभव नहीं था| सल्लू गाँव के स्कूल में पढ़ती थी| उसकी देखभाल के लिए और कोई नहीं था| सास पहले ही दुनिया छोड़कर जा चुकी थी| मजबूरन उसे सल्लू को स्कुल दे आना और लाना पड़ता था|

एक दिन सल्लू, खेलते-खेलते गिर गई| उसे सर में काफी चोट आई, तब विष्णु घर आये हुए थे| सल्लू के रोने की आवाज सुनकर, विष्णु चिल्लाते हुए दौड़ पड़े| आभा जल्दी पानी लेकर आना, सल्लू के सर पर चोट लग गई है| आभा जब दौड़कर आई, आकर देखी, विष्णु गोद में लिए हुए, उसे चुप करा रहे हैं| पर वह रोये जा रही है| आभा, सल्लू को इस तरह रोते देखकर, चिंतित हो उठी| वह झटपट सल्लू को गोद में लेकर अपने कमरे में ले जाकर चुप कराने लगी| लेकिन सल्लू और सिसक-सिसककर रोने लगी| उसका अबोध हृदय इस प्यार में, मातृ स्नेह नहीं पा रहा था, जिससे वह दो साल पहले वंचित हो गई|आभा का प्यार, यह वात्सल्य नहीं था, केवल दया थी| यह वह वस्तु था, जिस पर उसका कोई अधिकार नहीं था, जो केवल भीख

के रूप में उसे दी जा रही थी| पिता ने भी पहले एक, दो बार उसे डांटा था| जब उसकी माँ ज़िंदी थी, तब वह उसे छाती से लगाकर खुद दुःखी हो जाती थी| उसकी आँखें भर आती थीं| शरारत के लिए डांट खाना तो उसे समझ में आती थी, पर अपनी माँ का रोना उसे समझ में नहीं आता था, तब मातृ-प्रेम में कभी-कभी कठोरता तो रहती थी, पर मृदुलता से भरी हुई|

इस प्रेम में करुणा थी, पर वह कठोरता नहीं थी, जो आत्मीयता का गुप्त संदेश है| सल्लू का करुण रुदन, एक मातृ-विहीन बालिका होने की सुचना दे रहा था| वह बड़ी देर तक, आभा की गोद में रोती रही, और रोते-रोते सो गई| आभा उसे चारपाई पर सुलाना चाही, तो उसकी आँखें खुल गईं, मगर झटपट उसने आँखें बंद कर ली, शायद आभा में उसकी माँ की सूरत नहीं दिखी| आभा को देखकर उसका मुख शंका और भय से विकृत हो गया| शायद आभा में उसे अपनी माँ की झलक नहीं दिखी, वह आँखें मुंद ली और सो गई|

विष्णु जब भी, घर आते, देखते, 'आभा उसे नहला-धुला रही है| मुख में कौर दे-देकर, पुचकार-पुचकार कर खिला रही है| कभी उसके बाल बाँध रही, कभी कोई खेल सिखा रही है| आभा का तृषित हृदय, जो अभी कल्पनाओं का, कभी हरा-भरा बाग़ था, वह मुरझ चुका था|

आभा, धीर-धीरे विष्णु के घर पर होने के बावजूद एकांत सेवन करने लगी| एक दिन जब वह अपने विनोद वाटिका में प्रवेश की, तो देखी, वहाँ धुल उड़ रहा है| कल्पनाओं के रंग-विरंगे फूल मुरझा चुके हैं| तब उसका जी चाहा, क्यों न इस वाटिका को उजाड़ दूँ| दम्पति-शास्त्र के सारे, मन्त्रों का उच्चारण कर ली| पर मनोरथ पूरी नहीं हुई|

नींद हमारी, ख्वाब तुम्हारे    39

आगे मुझे क्या करना चाहिए, उसे कुछ समझ नहीं आ रहा था| इसी चिंता में, उदास बैठी हुई थी कि, बगल के पड़ोस की एक लड़की मिलने आ पहुंची| आभा को चिंतित, उदास देखकर पूछ ली, 'भाभी! नई-नई शादी, फिर यह उदासी कैसी? जवानी का जश्न मनाने का यही तो समय है, फिर अफ़सोस कर बोली, 'लगता है, भैया, घर कम आ पाते हैं, और तुम अकेली उनके लिए तड़पती रहती हो|'रेखा की बात सुनकर, आभा की आँखें भर आईं, बोली, 'मैं तो इस इंसान के साथ शादी करके पछता रही हूँ| इससे तो भला था, कि मैं कुँवारी रह जाती| बिना बच्चा जनम दिए एक बच्चे की माँ बन गई|'

कुछ देर तक तो रेखा, चुप रही| उसे समझ नहीं आ रहा था, कि एक बच्चे की माँ बन गई, ऐसा क्यों बोली? क्या दूसरे बच्चे, अर्जुन के बारे में इसे पता नहीं है, या उससे नफरत करती है| जो उसे अपना संतान नहीं मानती| रेखा ने उस वक्त आभा की बातों को उतना गुरुत्व नहीं दी, बल्कि चुप रही, जैसा कि व्यवहार कुशल मनुष्य को करना चाहिए था| लेकिन यह बात मन में बैठ गई| रेखा को इस बात पर आश्चर्य होता, पर ऐसा नहीं हुआ, बल्कि उस पर दया आ गई| क्रोध या घृणा तो उन पर होती है, जो होश में हो| यह तो अपना होश-हवास सब खो दी है| वह यह सोचकर कि जो इसके भाग्य में है, वो तो होगा| शायद इसके भाग्य में, यही लिखा था|

धीरे-धीरे आभा, यह सोचने के लिए बाध्य हो गई, जो होना था, हो गया| अब मुझे अपने कर्त्तव्य पर ध्यान देना चाहिए| अब तक निराशा के संताप में वह कर्त्तव्य पर ध्यान नहीं देती थी| उसके हृदय को, अधूरी प्रेम की पीड़ा सताती रहती थी| पति से अलग रहकर, वह संज्ञाहीन सी हो चुकी थी| अब उसकी प्रेम वेदना क वेग शांत होने

लगा| ज्ञात हुआ कि गुलामी के सिवा, मेरे जीवन का कोई आनन्द नहीं| उसका स्वप्न देखकर क्यों इस जीवन को नष्ट करूँ? संसार में सब के सब प्राणी सुख-सेज पर ही तो नहीं सोते| मैं भी उन्हीं आभागों में एक हूँ| मुझे भी विधाता ने दुःख की गठरी ढोने के लिए चुना है| अब तो यह बोझ उतर नहीं सकता| किसी और को देना चाहूँ, या फेंकना चाहूँ तो फेंक नहीं सकती| इस गठरी के भार से, मेरी गर्दन ही क्यों न टूट जाये, ढोनी तो पड़ेगी ही| उम्र भर का, जीवन कारावास को पाया कैदी, कब तक रोयेगा, और रोये भी तो, उसका आँसू कौन पोछेगा? रोने का जो काम मिला है, उसे अगर ठीक से नहीं कर सकी, तो कारावास के साथ यातनायें भी सहनी पड़ेगी|

एक दिन विष्णु आईने के सामने, खड़े होकर, खुद को निहार रहे थे| खुद को देखके, उसके हृदय में चोट सी लग गई| चेहरे पर झुर्रियाँ पड़ी हुई थीं| मुख पर पहले सा निखार नहीं था, मुख की कांति मलिन हो गई थी, तोंद निकल आया था| वह गदराया बदन, ढीला पड़ गया था| तभी आईने में दूसरी और देखा, आभा खड़ी है| दोनों की सूरतों में कितना अंतर था? एक रत्नजड़ित विशाल भवन, दूसरा टूटा-फूटा खंडहर, वह झटपट आईने को पीछे छोड़, पीछे मुड़े, बोले, 'आभा, कुछ कहना है? मन ही मन उस सूरत से इतनी घृणा हुई कि उसे दोबारा, आभा के मुख की ओर नजर उठाकर, कुछ बोलने की हिम्मत नहीं हुई| आभा की सुन्दरता, उसके हृदय का काँटा बन गया| आभा, नीची नजर कर बोली, 'आज आईने से ही बात होती रहेगी, या इस घर में ज़िंदा इंसान भी रहते हैं, जो आपसे बातें करने के लिए सप्ताह भर इंतजार करते हैं?'

एक दिन विष्णु खिड़की के बाहर ताकते हुए बोला, सीमा जानती हो 'आजकल स्कूल में बच्चों की परीक्षा चल रही है| इसलिये खुद को संवारने तक के लिए समय नहीं मिलता| किसी तरह दो रोटी हलक से उतारता हूँ, और स्कूल चल देता हूँ| इस उठती-भागती जिन्दगी में, तुम्हें घर पर छोड़ आया हूँ, यह भी याद नहीं रहता|'

आभा कुछ उत्तर न देकर मन ही मन कही, जब मैं तुमको याद ही नहीं, तो मुझे क्या पड़ी है कि देखते ही तुमको, तुम्हारे गले से चिपकुं, पर यह तपस्या उसे असाध्य लगती थी| उसे उलाहना देते, उसकी विलासिनी कल्पना उत्तेजित भी होती थी, और तृप्त भी| उसे, पति से बातें कर अपार सुख के अनुभव के साथ, उसका मन किसी अज्ञात वेदना से विकल हो जाता था| वह जहाँ बैठती, वहीं बैठी रह जाती| वह मन ही मन सोचती कि विष्णु से वह हर बात बता दूँ कि मैं क्या चाहती हूँ, पर सत्य कहने में संकोच होता था|

आभा की उदासी और बात-बात पर नाराजगी देख विष्णु को लगा कि अवश्य मेरी कोई बात, आभा की आशा के विरुद्ध है| और अगर है, तो मुझसे बताती क्यों नहीं? जब भी पूछता हूँ, अगले सप्ताह घर लौटते वक्त, तुम्हारे लिए क्या लेता आऊँ? तो हंसकर टाल देती है| क्या यह सब उसका कौशल है? हो सकता है, चिड़िया को जाल में फंसाने के लिए? अवश्य मेरी कोई बात आभा के आशा के विरुद्ध है, तभी वह इतना नाराज रहा करती है| अन्यथा, कपडे-लत्ते, खाना- खर्चा की तो यहाँ कमी नहीं है| और अगर है, तो मुझसे बताती क्यों नहीं? जब भी पूछता हूँ, अगलर सप्ताह घर लौटते वक्त तुम्हारे किये क्या लेता आऊँ? तो हंसकर टाल देती है| क्या, यह सब उसका कौशल है? हो सकता है, चिड़िया को जाल में फंसाने के लिए,

शिकारी दाने विखेरता है| आह, मैं नहीं जानता कि यह हँसी, केवल मेरी नन्हीं सल्लू के निर्वासन की भूमिका है| उसका इस घर में रहना, उसे पसंद नहीं है| क्या, पिता-पुत्री का सम्बन्ध, पति-पत्नी के सम्बंध से कम घनिष्ठ होता है| एक पति, अपनी पत्नी के लिए, प्राण देने को तैयार रहता है, तो पुत्री के लिए भी प्राण त्यागने के लिए तत्पर होता है| वह पूर्णरूपेण मुझे चाहती है| किसी तीसरे का होना पसंद नहीं है| तो इसके लिए, सल्लू को देखना क्यों नहीं पसंद करती है? वह तो, किसी रूप में कहीं बाधक नहीं है|

सल्लू अभी बच्ची है| जहाँ सुला देती है, सो जाती है| जो खाने देती है, खा लेती है| शायद आभा यह समझती है, कि बड़ी होकर, मेरे पति की सम्पत्ति में, मेरे सन्तान के विरुद्ध खड़ी होकर हिस्सा न कहीं मांगे, इसलिये, अभी से इसे निकाल देना अच्छा है| पर यह सब कैसे होने दे सकता हूँ? मैं उसका पिता हूँ| मैंने जन्म दिया है| कहाँ तो उस पर मुझे माँ-बाप, दोनों का प्यार लुटाना चाहिए था| वहाँ घर से निकाल दूँ, धिक्कार है मुझे? मेरी बेटी, मेरे होते अनाथों की भांति बड़ी होगी? बोर्डिंग में रहकर पढ़ेगी, नहीं हो सकता है| अभी यह बच्ची है, बड़ी होगी, तो देखूँगा| ऐसे ही तो जब, उसे अपनी माँ की स्मृतियाँ जागृत होती हैं, उसकी आँखों से सोये में बंद पलकों से आँसू बाहर निकल आते हैं, और वह माँ-माँ पुकारकर, चौंककर बैठ जाती है, मानो उसकी माँ उसके समक्ष खड़ी हो| पर यह सब आभा को कैसे समझाऊँ? यहाँ तो छींकते ना कहती है|

रात के दश बज गए थे| विष्णु इन्हीं चिंताओं में मग्न हुआ, अपने मन को समझा रहा था| क्या विषमतायें, सभी इसी प्रकार की होती हैं? उसके दिल में दया, करुणा, निकलकर कठोरता की जगह ले लेती

नींद हमारी, ख़्वाब तुम्हारे     43

है| वह फिर शांत चित्त से सोचने लगा, पर आभा ने मुझ पर यह संदेह क्यों किया कि सल्लू के बगैर भी मैं खुश रहूँगा? वह कौन सी बात मुझमें देखी जो उसे लगा कि सल्लू के भाग्य का निर्णय, मेरे कहे अनुसार होगा? निश्चय ही, इस संदेह का बीजारोपण उस रोज हुआ है, जब सल्लू मेरे साथ सोने की जिद्द कर रही थी| तब मैंने कहा था, ज्यादा प्यार ने इसे बिगाड़ दिया है और आभा ने जबरदस्ती उसे, उसके कमरे में ले जाकर सुला दिया| जाने कब, रोते-रोते नींद आई होगी, मैं तो सो गया|

सुबह जब मैं उसके पास गया, उठाकर गोद में लिया, तो देखा, उसके पाँव काँप रहे हैं| वह डरी-डरी सी है| अपनी हथेली उसके गाल पर रखा, तब वह सूजे नेत्र से मेरी ओर न देखकर, भूमि की ओर देख रही थी| मानो, वह अनाथ हो| इस दुनिया में उसका अपना कोई नहीं| उसका सरल, स्नेहशील हृदय रात का आघात सह न सकेगा| आह! मैंने उसपर कितना अन्याय किया| अपने ही लगाए, इस कोमल पुष्प पर खिला रहने, पानी का छींटा तक नहीं किया| मैं तो आभा से व्याह कर इतना खुश था, मानो इस संसार में मेरे जैसा कोई सुखी आदमी नहीं| उसके गुप्त रोदन की आवाज जो निकल सकती, तो आज आभा भी रो पड़ती| उसके उदास पड़े चेहरे की ओर एक बार वात्सल्यपूर्ण नेत्रों से देखा, वेदना से विकल होकर, उसे छाती से लगा लिया, और दिल ही दिल में इतना रोया, कि हिचकी बंध गई|

रमेश को अपने ऊपर इस समय इतना क्रोध आ रहा था कि दीवार से टकराकर अपना सर, अपने प्राणों का अंत कर दूँ| सोचने लगा, मैंने शादी क्यों की? इसकी जरुरत क्या थी? ईश्वर ने मुझे एक नहीं,

दो संतान दिए थे| संतान की पीड़ा से पीड़ित एक पिता की दशा क्या? ऐसे समय में बिना विचलित हुए रह सकता है, हृदय की चोट, भाव-कौशल से नहीं छिपाई जा सकती| इन्हीं विचारों में पड़े-पड़े, विष्णु को झपकी आ गई, और मन के भावों ने तुरंत स्वप्न का रूप धारण कर लिया| क्या देखते हैं, कि उनकी पहली पत्नी (सल्लू की माँ) सामने खड़ी कह रही है, 'विष्णु यह तुमने क्या किया? जिस बेटी को मैंने अपना रक्त पिला-पिलाकर बड़ा की, उसके साथ तुम इतनी निर्दयता कैसे कर सकते हो? आज मैं इसे तुम्हारे निर्दयी हाथों से छीनकर अपने साथ ले जाने आई हूँ, इसे अपने सीने से अलग कर दो, जिससे कि मैं अपने साथ ले जा सकूँ| अगर तुम ऐसा नहीं करते हो, तो मैं जबरन तुमसे छिनकर ले जाऊँगी|पर अब तुम मेरे पति नहीं रहे, तुम तो आभा के पति हो, और मैं दूसरे के पति को छूना पाप समझती हूँ| यह कहती हुई, जब सल्लू को छिनने लगी, विष्णु की आँखें खुल गई, देखा सल्लू गोद में नहीं है| सामने आभा खड़ी है| रमेश आभा की ओर देखकर रुआंसा होकर बोले, 'मैं तुम्हारे आगे हाथ जोड़ता हूँ| सल्लू को अपना सन्तान मानकर उसे माँ का प्यार देकर, मुझ पर एहसान करो| वह कौन सारा जीवन तुम्हारे पास रहेगी? बड़ी होगी, ब्याह कर, अपने घर चली जायेगी| कुछ दिन की तो बात है| बेचारी अभागिन है| माँ का प्यार मिला नहीं, पिता के प्यार से भी वंचित रह रही है|'


सीमा, पति के गर्दन में हाथ डालकर, उनके सीने से लगकर रोने लगी| लेकिन इस अश्रु प्रवाह में रमेश का असीम, धैर्य और सांत्वना का अनुभव हो रहा था| पति के सीने से लिपटी हुई वह अपने हृदय में एक विचित्र स्फूर्ति और बल का संचार होते हुए पाई| मानो पवन में थरथराता हुआ दीपक, आँचल की आड़ में आ गया हो|

नींद हमारी, ख्वाब तुम्हारे

विष्णु अश्रुमिश्रित गालों को अपने दोनों हाथों में लेकर कहा, 'आभा! तुम इतना छोटा दिल क्यों करती हो? आभा याद रखो, जैसे कोई वृक्ष, जल और प्रकाश में बढ़ता है, लेकिन पवन के प्रबल झोकों में ही सुदृढ़ होता है| उसी भाँती प्रणय भी, जुदाई के आघातों से ही विकास पाता है| जिसने बिछुड़न न भोगा, वो भला मिलन का सुख क्या भोग करेगा? मीठा का मजा तब आता है, जब खट्टा खाया हो|'

आभा ने सिसकते हुए कहा, 'मगर जहां खाली विरह हो, मिलन की आशा दूर तक न दिखाई देती हो, वो क्या करे?'

विष्णु आभा की बात सुनकर कहा, 'उसे योगविद्या सीख लेनी चाहिए|'

सीमा ने तिरस्कार भरी दृष्टि से, विष्णु की और देखकर कहा, 'मुझे लाकर, अपने घर की देहरी पर पटक दिया, और खुद परदेश की राह ले ली| फिर न खोज, न खबर कि मरी या जिन्दी है? सप्ताह भर के बाद तुम्हें याद आती है कि घर पर पत्नी को रख आया हूँ? कितने धोखेबाज हो तुम? मैं तो यह सोचती थी, कि स्कुल के हेडमास्टर हैं, अपने साथ रखेंगे| रात-दिन का हमारा साथ रहेगा| मर्दों का यकीन ही क्या, कोई और ताक लिया होगा? यह सोचकर कि एक घर के लिए है, एक बाहर के लिए भी हो जाए, तो बुरा क्या है?'

विष्णु शहीद का गौरव धारण कर बोले, 'भगवान् को साक्षी मानकर कहता हूँ, जो मैंने तुम्हारे सिवा किसी और की बात अपने दिल में लाया हो' विष्णु दुःखी होकर, मन ही मन सोचने लगे| आभा की

शिकायत वाजिब है| वह अभी जवान है, सुन्दर है, चंचल है, कोई पशु तो है नहीं, जो खरीदकर ले आओ, और अपने बथान पर उसे किल्ले से बाँध दो| जब मन आये, दाना-पानी डाल दो| भूल गए तो कोई बात नहीं, क्योंकि शिकायत तो करेगी नहीं? यह सब मेरे अमानुषीय व्यवहार का फल है| वह सर्वगुण सम्पन्न थी| मेरे जैसा नासमझ आदमी उसके योग्य नहीं था| मेरी स्थूल दृष्टि, उसे समझ न सकी| ऐसा कोई कष्ट नहीं, जो आभा मुझसे विवाहकर नहीं झेली| पर आज के पहले उसने कभी मन मैला नहीं किया| वह मेरा आदर करती थी| उसका संतोष, उसकी गंभीरता, उसकी गंगाजल की तरह पवित्र निश्छल आँखें क्या चाहती हैं? मेरे लिए दुर्बोध था| अगर वह मुझसे छोटी-छोटी बातों पर झगड़ती, रोती, कोसती, ताने देती, तो मैं समझता, कि वह शादी कर खुश नहीं है| उसके उच्च आदर्श को मैं समझ न सका|'वह इस योग्य थी कि वह बड़े से बड़े लोग की बहू और पत्नी बनती|'

विष्णु के सामने एक कठिन समस्या उपस्थित थी| आभा को क्या उत्तर दूँ? यद्यपि आभा को यहाँ भोग-विलास की सभी सामग्रियाँ उपलब्ध थीं, मगर उसे यहाँ ऐसे अनचाहे मेहमान की आवभगत करनी पड़ती है, जिसे वह देखना तक पसंद नहीं करती है| जिसकी तोतली बोली सुनकर उसका जी मचलने लगता है| इतने समझाने के बाद भी, वह अभी तक उस अधोगति को नहीं पहुँची, जहाँ दुर्व्यसन हृदय के समस्त भावों को नष्ट कर देता है|

आभा देर तक विष्णु के सीने से चिपकी रही| वह अलग होना नहीं चाहती थी, क्योंकि निर्विघ्न प्रेमका आनन्द उसे कभी प्राप्त नहीं हुआ था| इस दुर्लभ रत्न को पाकर, हाथ से जाने देना नहीं चाहती थी|

नींद हमारी, ख़्वाब तुम्हारे    47

यद्यपि वह जानती थी, यह प्रेम, दो दिनों बाद सिर्फ वियोग ही वियोग है, मगर जब तक है, क्यों न भोगूँ? आगे चलकर न जाने क्या होगा? जीवन की नाव किस भँवर में पड़ेगी, और न जाने, कहाँ-कहाँ भटकेगी? भावी चिंताओं को वह आज, अपने करीब नहीं आने देना चाहती थी| क्योंकि उधर उसे अंधकार दिखाई देती थी| सुख के बादल दूर-दूर तक दिखाई नहीं देते थे| सोचती थी, सल्लू जब और बड़ी होगी, तब मेरे और विष्णु के बीच एक चट्टान बनकर बाधा डालती रहेगी| मैंने विष्णु के जिस घर को फूलों का बाग़ समझा, वहाँ काँटे ही काँटे हैं| आभा इसी विचार में मग्न थी कि सल्लू पापा, पापा कर दौड़कर मेरे कमरे में आ पहुँची और बोली, 'पापा, मुझे स्कुल जाने में देर हो रही है| मीना कब की, अपने पापा के साथ स्कुल चली गई|'

इतने दिनों तक आभा, इस धैर्य के साथ, वह सारी विपत्तियाँ झेलती रही, कि जब इसी नरककुंड में जीवन व्यतीत करना है, तो भागकर कहाँ जाऊँ? लेकिन आज उसे लगा, कि सल्लू के होते यहाँ और अधिक दिनों तक रहना मुश्किल है| दिन भर पापा से लटकी रहती है| उसने कहा, 'विष्णु! सल्लू, स्कुल क्या होता, समझने लगी है, इसे किसी बोर्डिंग स्कुल में डाल क्यों नहीं देते? वहाँ नियमित, स्कुल जायेगी, बच्चों के बीच रहेगी, खेलेगी| यहाँ दिन भर बेचारी मन मारे कमरे में अपने खिलौने के साथ पड़ी रहती है|

विष्णु ने तो उस वक्त आभा की बातों को देखूँगा, बोलकर टाल दिए| जैसा कि एक व्यवहार कुशल आदमी को करना चाहिए, लेकिन इसमें की, कुछ बातें मन में बैठ गई, और उसका असर पड़ने में कोई संदेह नहीं था| धीरे-धीरे विष्णु बदलने लगे, और सोचने लगे,

'आभा बिल्कुल ठीक कहती है| होस्टल में रहेगी, एक बंधा हुई दिनचर्या होगी| समय पर खाना मिलेगा| बहुत सारी सहेलियाँ रहेंगी| यहाँ घर में बेचारी अकेली पड़ी रहती है|

लेकिन क्या ही अच्छा हो कि अर्जुन को भी उसी बोर्डिंग में डाल दूँ| दोनों भाई-बहन, एक साथ पढेंगे| कई दिनों के सोच-विचार के बाद विष्णु ने, दोनों बेटे-बेटी को बोर्डिंग स्कुल में डाल दिया| सल्लू अपने भाई, अर्जुन को पाकर खुश हो गई| अर्जुन भी अपनी

बहन को देखकर फूला न समाया| दोनों को, फिर आऊँगा, बोलकर विष्णु घर लौट आये|

घर लौट आकर विष्णु चुपचाप अपने कमरे में जाकर लेट गए| आभा पत्थर की भांति, चौकठ पर खड़ी रही, मानो संज्ञाहीन हो गई हो| बेटी को बोर्डिंग में छोड़कर, उसके सम्बन्ध में अच्छा-बुरा बिना कुछ बताये, विस्तर पर आँखें बंदकर लेट गए| मुझसे इतनी घृणा! मैं उनकी कोई न सही, पत्नी तो हूँ| यह कहकर एक लम्बी सांस लेकर कही, 'मेरी जिन्दगी को धिक्कार है, जो इतना अपमान, और अवहेलना के बावजूद बनी हुई है| उसका रोम-रोम क्रोध की आग में जलने लगा| वह वहाँ खड़ी न रह सकी, दूसरे कमरे में जाकर, विस्तर पर मुख ढांपकर लेट रही, फूट-फूटकर रोने लगी| क्या वे मेरी मनसा को जान गए? जिस संदेह की आग में वह भस्म हो रही थी, अब शतगुण वेग से धधकने लगी| यह सोचकर कि जीवन में अब कोई सुख की आशा नहीं रही, जिसकी उसे लालसा थी| खुद के पूर्व विचार से प्रायश्चित्त होकर उसने अपने को खूब समझाया कि यह सब मेरे पूर्व कर्मों का फल है|कौन प्राणी, इस धरती पर होगा, जो

इतना निर्लज्ज होगा, कि ऐसी दशा में भी ज़िंदा रहने की बात सोचे। मैं कर्त्तव्य की वेदी पर अपना जीवन, और उसकी कामनायें होम कर दी। हृदय रोता रहता था, पर उसकी बेटी के लिए, मुख पर हँसी का रंग भरना पड़ता था। जिसका मुख देखने तक की इच्छा नहीं होती थी, उसके साथ हँस-हँसकर बातें करनी पड़ती थी। जिसका देह स्पर्श करने में घृणा होती थी, विष्णु को खुश करने के लिए उसे मल-मलकर नहलाती थी। उसे इस समय यही इच्छा होती थी, धरती फट जाए, और मैं उसमें समा जाऊँ। लेकिन सारी पीड़ा अब तक उसकी अपनी थी, विष्णु की आत्मपीड़ा जानने की कोशिश नहीं की। विष्णु जैसे मनस्वी आज टूटकर चुप हो गये थे।

वह सारा गुस्सा और संकोच को त्यागकर विष्णु के पास जाकर बैठ गई, बोली, 'क्या बात है, जब से तुम सल्लू को बोर्डिंग में छोड़कर आये हो, न बातें करते हो, न खाना ही मांगते हो? क्या बात है विष्णु, सब कुछ ठीक तो है? विष्णु के मुख से दुस्साह पीड़ा में डूबे हुए शब्द निकले। हाय इश्वर! क्या संसार में ऐसे घोरतम नीचता की कल्पना की जा सकती है? कोई पिता अपनी भोग-लिप्सा की खातिर अपने सन्तान को घर से बाहर कर सकता है? जिसके आदर्श चरित्र की प्रशंसा हर कोई करता था, जिसने कभी स्वार्थ के आगे सर नहीं झुकाया। आज, अपनी विषय-वासना की खातिर, निर्विघ्न आनन्द-भोग करने की खातिर अपनी फूल-सी बेटी को कहाँ छोड़ आया? विष्णु का कलेजा, टूट-टूटकर बिखरा जा रहा था।

वह सूनी नेत्रों से भूमि की ओर देख रहा था, मानो उसका सर्वस्व जलमग्न हो गया हो।मानो वह लौटकर, स्कुल जाकर किसी को मुँह नहीं दिखा सकता हो। स्कुल में अभी बच्चों की परीक्षा है। वहाँ नहीं

पहुँचने से नौकरी चली जायेगी, यह चिंता नहीं, बल्कि जब लोग जानेंगे कि, मैंने अपनी दुधमुंही बच्ची को किसके दबाव में आकर, और क्यों घर से बाहर निकाल दिया? ऐसे सुख-भोग करने से तो अच्छा है, प्राण गंवा देना|

आखिर, उस बच्ची का दोष क्या था? मैंने उसे यह दंड केवल अपने साथ स्नेह व्यवहार रखने के लिए दिया| मैंने इस स्नेह के उपहार स्वरूप, उसे कितना निर्दय आघात दिया| अपनी मान-रक्षा के लिए, उसकी आत्म-रक्षा के लिए मुझे अपने प्राणों का बलिदान दे देना चाहिए| इसके सिवाय, उसके उद्धार का मेरे पास कोई रास्ता नहीं बचता है| आह! दिल में कैसे अरमान थे| सोचता था, छोटी बच्ची दिन भर अकेली बिना माँ-बाप की रहती है, उसे एक माँ मिल जायगी, जो उसे प्यार देगी, स्कुल भेजेगी| मगर, अकेली घर में रहने देना तो दूर, घर से ही निकाल दिया| रात इसी चिंता में डूबे रहे| संदेह के निर्दय आघात, उसके बचपना को कुचल दिया होगा| सुबह जब उठे, तो उसके हाथ-पाँव काँप रहे थे| दिन चढ़ आया था, पर उसमें इतनी शक्ति नहीं बची थी कि उठकर मुँह-हाथ धो डाले| वह आंसुओं के उठते हुए वेग को दबाकर, आभा से कहा, 'अब तक मुझे अपनी मौत से डर नहीं लगता था, पर आज ज्ञान हुआ कि मेरे जीवन के साथ, एक और प्राणी का जीवन-सूत्र भी बंधा हुआ है| मेरे जीते जी वह घर निकाला हो गई| जब नहीं रहूँगा, तब उसका क्या होगा? यह कहते हुए विष्णु की आँखों से आँसू बहने लगा| आभा, विष्णु के आँखों के आँसू, अपने आँचल से पोंछती हुई, अविचल रहती हुई ग्लानिभाव से, बोली, 'विष्णु, तुमने सल्लू को चाहे जिस ख्याल से बोर्डिंग में भेजा हो, लेकिन यह बात उसे लग गई होगी, कि मैं किसी गिनती में नहीं हूँ| वह मन ही मन मुझे दोष दे रही होगी|' यह कहकर,

नींद हमारी, ख्वाब तुम्हारे    51

आभा वहाँ से रसोई घर में चली गई| पर पति के अनुभवपूर्ण आँखों में अपने कुटिल चरित्र को घूमती हुई, पहचान गई थी| उसे अपने ऊपर क्रोध आ रहा था, सोचने लगी, 'दीवार से सिर टकराकर प्राण त्याग दूँ| उन्होंने मुझसे विवाह क्यों किया, विवाह करने की क्या जरुरत थी? जब कि वे नि:सन्तान नहीं थे| लोग शादी करते हैं, वंश चलाने के लिए, जो उनके पास पहले से था ही| क्या शादी के बहाने मेरे जीवन का सर्वनाश करना था? हमेशा एक ही बात लिए रहते हैं, तुम सल्लू के साथ खुश नहीं रहती हो? जब मैं घर आता हूँ, तुम उदास, निराश मिलती हो, और सल्लू सप्ताहों पहले की नहाई .धोई, मैली-कुचैली, कमजोर-लाचार मिलती है| पर वे क्या जानें, प्रेम-पीड़ित हृदय के चोर की पीड़ा भाव-कौशल से नहीं छिपाई जा सकती| वह उभर कर चेहरे पर आकर चहकने लगता है| तो इसमें मेरा क्या दोष है? ऐसे भी यह कोई अनदेखी बात नहीं है| सभी स्त्री-पुरुष विवाह करते हैं, आनंद-भोग के लिए| अगर मेरी जैसी दशा सब की होती, तब कोई भी विवाह का नाम नहीं लेता| मानती हूँ, कि पुराने जमाने में, एक मर्द, दो-तीन शादियाँ करते थे| पर तब और आज में फर्क है| तब स्त्रियाँ अधिकतर पढ़ी-लिखी नहीं होती थी| पति जैसा भी करे, भगवान समझती थी| एक कुंवारा युवक, एक बाल-बच्चेदार, युवती से शादी नहीं करता| तो फिर, एक युवती, बच्चेदार युवक से शादी कर खुश कैसे रह सकती है? जवानी ढल जाने, के बाद कोई भी पुरुष, अपनी जीवन-संगिनी को भला कहाँ खुश रख सकता है? स्त्री स्वभाव से लज्जाशील होती है| वह खुलकर नहीं बता पाती, बेजोड़ का पति पाकर वह चाहे किसी की ओर आँख उठाकर देखे, दिल दुःखी ही रहता है|

विष्णु का घर से इस कदर अरुचि बढ़ आई, कि घर को पूर्णतया आभा के हाथों सौंप दिया| उसके किसी काम में दखल नहीं देते| न जाने क्यों उससे दबे-दबे से रहते थे| आने वाले संग्राम के भय से, उसके हृदय की धड़कन बढ़ जाती थी| जब सोचते थे कि आभा को जब अर्जुन की सच्चाई पता चलेगी, तब घर में तूफ़ान आयेगा| हो सकता है, सदा के लिए इस घर को आभा त्याग दे, या फिर जहर खाकर अपने प्राण का ही अंत कर दे| अपने दुखों का अंत और जीवन की सारी आशाएं, विष्णु को आभा की क़दमों में मालूम पड़ती थी| अब उसी की शरण में मेरे आधारहीन जीवन की सफलता है| वह एक अबोध बालक की तरह दुखते हुए दिल को हाथों से दबाये, आशा और भय की मूर्ति बना, आभा के मन मन्दिर में आश्रय खोजने लगा| उसके बगैर, घर की भविष्य कल्पना मुश्किल थी|

उसने आभा से कुछ नहीं कहा, बात बढ़ जाने का भय था| वह सल्लू के कमरे में जाकर विस्तर पर लेट गए| ज़रा देर बाद विष्णु अन्दर से अपना किवाड़ भी बंद कर लिए| पर क्या विष्णु को नींद आ सकती थी, दो संतानों में एक पास था, उसे भी घर से निकाल दिया| अपने निर्विघ्न आनंद भोग के लिए| ईश्वर! मुझे कभी माफ़ नहीं करेगा| विष्णु की आँखों से आँसुओं की धारा बह रही थी| उस व्यापक पाश्चाताप, उस सघन ग्लानि तिमिर में, आशा की एक हल्की झलक उन्हें संभाले हुई थी| जिस क्षण वह रेखा लुप्त हो जायगी, कोई नहीं बता सकता, उसके बाद दोनों बच्चे की क्या दशा होगी? उसकी उस वेदना की कल्पना कौन कर सकता है?

वह भी अर्जुन की बूढ़ी नानी, जब तक वो ज़िंदी है, किसी तरह निभ जाएगा। पर उनके बाद क्या होगा? क्या मेरा लहलहाता बाग़ उजड़ जायगा और मैं केवल एक ठूंठ बनकर रह जाऊँगा?

आभा, पति के इस व्यवहार से दुःखी, सारी रात रोती रही। दोपहर हो गया, पर चुल्हा नहीं जला। खाना भी जीवन का काम है, इस बात की सुध दोनों में किसी को नहीं थी। दोनों अपने-अपने कमरे में बेजान पड़े थे। यौवन काल की स्वाभाविक वृत्तियाँ, विष्णु के कमरे का किवाड़ बंद देखकर, एक उन्मादिनी सी, करवटें बदलने लगती थी। फिर भी, विष्णु के पास नहीं गई। उसके मन में घोर द्वंद मचा हुआ था। औचित्य का बंधन नहीं, लज्जा का कच्चा धागा, उसे, विष्णु के पास जाने से रोके हुए था। वह दिन भर विस्तर पर पड़ी रही, मानो देह में प्राण नहीं हो, न स्नान किया। न रसोई तैयार किया, शाम के समय उसे ज्वर हो गया। देह तवे के समान तपने लगा। वह विस्तर से दरवाजे की ओर ताक रही थी, पर वहाँ शून्य था।

इस भांति चौब्बीस घंटे बीत गये। विष्णु से मिलने की उल्कंठा पल-पल प्रबल होती जाती थी, और शंकायें इस उल्कंठा को दबाती जाती थी। संध्या समय उसकी दशा उन्मत्तों सी हो गई।जैसे बिमारी के बाद मनुष्य का चित्त उदास रहता है, किसी से बातें करने का जी नहीं चाहता, उठना-बैठना पहाड़ हो गया। यही दशा उस समय विष्णु की भी थी।अंत में वह अधीर हो गया, और आभा से मिलने का निश्चय किया। जिसे मैं ब्याह कर पत्नी बनाकर घर ले आया, उससे मिलने में शर्म कैसा? ज्यादा से ज्यादा क्रोध करेगी, कहेगी, आप यहाँ क्यों आये, चले जाइये यहाँ से, मैं आपसे बात नहीं करना चाहती। तब कहूंगा, सरकार, बुरा हूँ या भला हूँ, जैसा भी हूँ, तो आपका ही। चाहे

जो दंड देना चाहो, दे दो| सिर तुम्हारे सामने झुका हुआ है, पर क्षमा करो|

विषय-वासना, नीति ज्ञान, और संकोच किसी के रोके नहीं रूकती| उसके नशे में हम सब बेसुध हो जाते हैं| वह व्याकुल होकर आभा के कमरे में पहुँच गया, और सिरहावनमें बैठ गया| वहाँ पहुँचकर उसके तपते हृदय को बड़ी राहत मिली| मन को अत्यंत सुखद लगा| आभा से शादी करके उसके जीवन का आधार नहीं बन सका| पर उसने ज्यों ही अपने आभा के शारीर में हाथ लगाया, उसका सारा उल्साह शांत हो गया| उसे अपनी दुर्बलता से बहुत ग्लानि उत्पन्न हुई, कहा, 'आभा! तुम्हारा शरीर तो तबे की तरह तबा जा रहा है, तुमको बुखार है| तुमको दवा चाहिए, और एक क्रोसिन, के साथ, एक ग्लास पानी लाकर बोले, 'इस दवा को खा लो| एक-आध घंटे में ठीक हो जावोगी| दवा खिलाकर वे भी वहीं लेट गए| कुछ देर बाद जब बुखार उतरा, आभा, पास भूखे पति को मरता देखकर द्रवित हो उठी, बोली, 'भूख लगी है, चलो खाना खा लें|'

दोनों जब खाना खाकर कमरे में लौटे, विष्णु बोले, 'आभा! मेरी असज्जनता, निर्दयता और तुम्हारी चंचलता, विलास-लालसा, दोनों ने मिलकर हमदोनों का सर्वनाश कर दिया| मैं उस समय की बातों को सोचता हूँ, तो ऐसा मालूम होता है, कि तुमसे ब्याहकर मैंने बहुत बड़ी भूल की, और दूसरी भूल, तुम्हारा उचित आदर-सम्मान नहीं कर सका| करता भी कैसे, मैं माँ- विहीन एक बच्ची का पिता हूँ| मेरी आँखों में सदा ही सल्लू के आँखों का वह सूनापन घेरे रहता है, जहाँ दूर-दूर तक वह उदासी की वीहड़ जंगल में भटकती मिलती है| इसलिये मेरी आँखें, तुम्हारी सुन्दरता का मान नहीं कर सकी| मुझे

क्षमा कर दो| आभा को विष्णु की यह बात वाण सी लगी| वह हक्की-बक्की होकर विष्णु का मुख देखने लगी| करीब आध घंटे तक विष्णु अपनी मधुर वाणी, अपने निर्भय सत्यप्रेम और अपने विचार से आभा को मनाता रहा|

आभा को विष्णु से नफरत कदापि नहीं था| वो तो केवल सल्लू को घर से दूर भगाने के लिए इतना स्वांग रच रही थी, जो कि पूरी हो गई| आभा को आज इस समय भोजन करने की इतनी इच्छा नहीं थी, जितनी प्रेम के जवाब की उत्सुकता थी| आज बहुत दिनों बाद, विष्णु के प्यार की परीक्षा लेने के लिये वांछित अवसर जो मिला था| उसने पूछ लिया, 'क्या तुम मुझे ब्याह कर सिर्फ और सिर्फ प्रेम-क्रीड़ा के लिए लाये हो? यह कहते, आभा को असीम शक्ति का अनुभव हो रहा था| विष्णु, प्रेम जैसी वस्तु छल-बल से नहीं मिलती|'विष्णु, 'मैं यहाँ इस इरादे से नहीं आया हूँ| मैंने तो जिस दिन से तुम्हें देखा है, उसी दिन से तुम्हारी उपासना कर रहा हूँ| आभा! पाषाण प्रतिमाओं की उपासना, पत्र-पुष्प से होती है, किन्तु तुम्हारी उपासना मैं अपने आँसुओं से करता हूँ| मैं झूठ नहीं कह रहा आभा| कभी आजमाकर देख लेना, तुम्हारे एक इशारे पर मैं अपना प्राण, तुम्हारे क़दमों पर न्यौछावर कर सकता हूँ| तुम जितना मुझसे दूर रहना चाहती हो, मैं उतना ही तुम्हारे करीब रहना चाहता हूँ| अगर तुम्हारी आँखें, मेरी तरफ से यों फिरी रहीं, तो देख लेना, विष्णु की लाश एक दिन तुम्हारे कमरे में तड़पती हुई मिलेगी|'

विष्णु की बात सुनकर, आभा का क्रोध, थोड़ा कम हो गया|वह काँपते हुए स्वर में बोली, 'विष्णु, तुम कैसी बातें कर रहे हो| तुम जो नहीं होगे, तो मैं जीवित रहकर क्या करूँगी? शनिवार दिन, तुम्हारी

थोड़ी सी आने में देरी मुझे विकल कर देती है, और जब तक आ नहीं जाते, द्वार से चिपकी खड़ी, हर आने-जाने वालों में तुमको ढूंढती हूँ| यह बात और है कि तुमको नहीं बताती हूँ| विष्णु तन्मयहोकर आभा की बातें सुन रहे थे| उसने बाज की तरह, झपट्टा मारकर आभा की बांह पकड़कर, अपनी ओर खींच लिया और सीने से चिपका लिया|कहा, 'आभा, तुम मुझे कितना चाहती हो, मुझे पता है|' आभा ने उदासीन भाव से कहा, 'मेरे ऊपर तो तुम अपना होने का दावा रखते हो, पर यह दावा मैं कैसे तुम पर रखूँ?'

विष्णु, 'इसका आशय तब यह हुआ, कि तुम न जीने दोगी, न मरने| तुम्हारी इच्छा है कि मैं बस तड़पता रहूँ| अब तक जो मुझ पर मिटने की बात की, मैं तो यही समझूंगा| एक भिखारी को भीख न देकर, उसे भगाने के लिए मीठे शब्दों भरा दुत्कार है| तो प्रिये! गाँठ बाँध लो, कि विष्णु विरह वेदना सहने के लिए, जीवित नहीं रहेगा| तुमको जितना नफरत करना है, मेरे जाने के बाद, मेरी यादों से करती रहना|क्योंकि यह सब देखने के लिए मैं तो रहूँगा नहीं?'

विष्णु की आत्मवेदना ने, आभा के हृदय पर वही काम किया, जो साबुन मैल के साथ करता है| उसने जमे हुए मैल को काटकर ऊपर ला दिया| वह संचित भाव से ऊपर आ गया, जिन्हें वह गुप्त रखना चाहती थी, बोली, 'मेरी विलास-तृष्णा ने मुझे कहीं का नहीं छोड़ा|तुम्हारे व्यवहार ने, मेरे दिल में असंतोष का अंकुर जमा दिया, और अपने चारो ओर भोग विलास, मान मर्यादा देखकर यह अंकुर भटकैया पौधा बनकर मेरे हृदय को छा लिया| उस समय इस फफोले को फोड़ने के लिए तुमसे लगी ज़रा सी ठेंस बहुत थी| पर आज तुम्हारी नम्रता, तुम्हारा प्रेम, उस फफोले को बड़ी निर्दयता से

मसल दिया| मैं पीड़ा से व्याकुल संज्ञाहीन हो गई| उस रात की, तुम्हारे उस कठोर व्यवहार, जब तुम सल्लू को लेकर, सो गए, और मैं तुम्हारे लिए, दूर तड़पती रही, जब याद आती है, हृदय में एक ज्वाला सी धधकने लगती है| जी करता है, जब दूर ही रहना है, तो पास रहकर क्यों? क्यों नहीं मैं मैके चली जाऊँ?'

विष्णु ने चिंतित स्वर में कहा, 'यह सोचकर कि तुम्हारे दूर चले जाने से, मेरा और इस घर में क्या होगा? सल्लू बेचारी का क्या होगा, जिसने अभी संसार के ऊँच-नीच का अनुभव ही नहीं किया|हम दोनों के सिवा, इस दुनिया में, दूसरा उसका कौन है, जो उसकी उसकी देखभाल करेगा, उसके भविष्य की चिंता करेगा? नाना, नानी उसके अंतिम पड़ाव पर खुद से ही लाचार रहते हैं, और मामा, उसकी देखभाल नहीं कर सकता, क्योंकि उनमें दया है, पर लोभ उससे कहीं अधिक है|'

आभा को विष्णु के इस कथन में सच्चाई की झलक दिखाई दी| उसने, उनकी ओर विनम्रता सूचक दृष्टि से देखकर कहा, 'मैं कब उसकी देखभाल करने से तुमको मना किया, पर यह भी सोचो, 'सल्लू तुम्हारी प्राण है, तो मैं तुम्हारी जान हूँ| इसलिये तुम दोनों के हो|

विष्णु ने आभा को श्रद्धा भाव से देखा, उन्हें अनुभव हुआ, ऐसी अवस्था में मैं भी यही कहता, जो आभा कह रही है| बोले, 'आभा! तुम्हारे ये विचार यथार्थ हैं| इसलिये आज से उसे अपना ही सन्तान समझो| उसका कल्याण जितना तुम और मैं कर सकता हूँ, दूसरा

कोई नहीं करेगा| अब तक तुम सिर्फ अपने लिए जीती थी, अब थोड़ा उसके लिये भी जीकर देखो|'

आभा का हृदय, विष्णु के प्रेम से परिपूर्ण था, इस घर में उसे जो-जो कष्ट उठाने पड़े थे, अब सब भूल गई| सल्लू एक दिन इस घर से ब्याह कर सदा के लिए अपने ससुराल चली जायेगी| फिर जो भेंट होगी, कौन कह सकता है? यह सोचकर, उसकी ममता छलक आई| इस मातृविहीन बच्ची को सचमुच मैंने बहुत कष्ट दिया| सोचकर अपने आंसुओं को नहीं रोक सकी| उसके हृदय में सल्लू के प्रति कोमल, निर्मल, और सच्चे भावों की तरंगें उठने लगीं| उसने विष्णु से कहा, 'अब जब भी तुम सल्लू से मिलने बोर्डिंग स्कुल जावोगे, मुझे भी साथ ले लेना| उसे लड्डू पसंद है, मैं बनाकर ले जाऊँगी| उसके लिए कुछ नए कपड़े भी बनवा लूँगी|'

विष्णु को इस मानसिक कष्ट कीअवस्था में, पहली बार अनुभव हुआ कि एक नारी चित्त को सावधान करने की कितनी शक्ति रखती है| मैं उसे निर्दयी समझता रहा, पर ऐसी बात नहीं है| उसे प्रेमाभिलाषा ने उन्मत्त कर दिया था|

पर मैं, कितना पापी, कठोर, पाषाण हृदय का पुरुष हूँ, जो आभा की मनोव्यथा को समझ नहीं सका| वह मुझसे थोड़ा सा प्यार पाने के लिए, मेरे सम्मुख एक दीन दया-प्रार्थी के समान खड़ी रही, और मैं ज़रा भी न पसीजा| मेरा व्यवहार, उसके कोमल मन को कितना तरसाया? निश्चय ही, ऐसी दशा में उसने मुझे शुष्क, प्रेमविहीन, घमंडी और धूर्त समझा होगा| तभी जब मैं शनिवार के दिन (सात

दिन बाद) घर लौटता था, तब वह नजरें उठाकर देखती तक नहीं थी| इसमें उसका कोई दोष नहीं था, बल्कि मैं इसी योग्य हूँ|

यह पश्चातात्मक विचार कई दिनों तक विष्णु के हृदय स्थल पर दौड़ते रहे| इसी निराशा और चिंता की दशा में वह आभा के पास जाकर कुछ इस तरह खड़ा निहारता रहा, मानो कह रहा हो, आभा तुमने मुझे वह सब कुछ दे दिया, जिसका मुझे इंतजार था| अब जीवन में किसी वस्तु की अभिलाषा नहीं| मानो उसने सारे संग्राम पर विजय पा लिया हो कि तभी उसे अर्जुन की याद आ गई, और याद आते ही उसकी अभिलाषाओं का वह आलीशान भवन बिखरने लगा| पर उसने अर्जुन की बात आभा से नहीं किया| यह सोचकर, कि कच्चा फल पत्थर मारने से नहीं टूटता, बल्कि उसके पक जाने की प्रतीक्षा करनी चाहिए, तब वह अपने आप धरती पर गिर जाता है| मुझे भी आभा के विचार में बदलाव के लिए, प्रतीक्षा करना होगा| जैसे सल्लू को उसने हँसकर अपना लिया, अर्जुन को भी अपना लेगी| इस तरह उसके मन में विभिन्न प्रकार की चिंताओं की लहरें उठने लगीं|

संध्या का समय था| आकाश पर लालिमा छाई हुई थी| मंद वायु आभा के सीने से लगे आँचल पर क्रीड़ा कर रहा था| उसे गुदगुदा रहा था| वह जब आँचल संभालती थी, तो लट लहरा उठता था| जिसे देखकर, आभा खिलखिला रही थी| कह रही थी, यह हवा कितनी आवारा है? यह तो जवान, बूढी, कुछ नहीं समझती, सबके कपड़े उघारती चलती है| आभा ने अपने आँचल को उड़ने से बचाने के लिए, उसे कसकर समेट ली, और सोचने लगी| वह एक दिन था, जब वह अपने पिता के घर, इसी शीतल वायु में, दरवाजे पर बैठकर सोचा करती थी, 'मेरा पति कौन होगा, कैसा होगा?'उस समय

विलास की आग, हृदय में नहीं थी, बल्कि एक आशा और सुख-भोग की कल्पना होती थी| जिसे आज कर्त्तव्य, और धर्म ने आश्रय दे रखा है| एकाएक, उसकी आखें झपक गईं, उसने देखा कि विष्णु उसके सामने खड़े, प्रेमलिप्सा की दृष्टि से उसकी ओर ताक रहे हैं|आभा, देखकर बोली, 'आइये बैठिये, आप ही का इंतजार कर रही थी, इसी बीच आभा को झपकी आ गई|'

विष्णु बैठते हुए, आभा की ओर देखा, तो वह प्रेम से द्रवित हो उठी| यह देख, विष्णु को अपनी कठोरता पर लज्जा आ गई| उन्हें अनुभव हुआ, कि प्रेम की प्रगति, जल के प्रवाह की भाँती है, जो थोड़ी देर के लिए रुक जाए, पर अपनी गति नहीं बदल सकती| उन्होंने आज तक आभा का जो स्वरूप देखा था, वह एक द्वेषी, विचारहीन स्त्री का था| आज यह चरित्र देखकर, वह एक शुद्ध निर्मल प्रेम की थी|कितना सच्चा पाश्चाताप था?कितना पवित्र क्रोध था? ऐसे अबला का मैं सम्मान न कर सका| इसी अर्द्धचेतना की अवस्था में विष्णु, आभा का हाथ पकड़कर अपने गले में डाल लिया| आभा ज़रा भी नहीं झिझकी, अपने को छुड़ाने की ज़रा भी चेष्टा नहीं की| किन्तु उसके मुख पर प्रफुल्लता का कोई भी चिन्ह नहीं था| न अधरों पर मुस्कान की रेखा थी, न कपोलों पर गुलाब की झलक| उसका मुख मुरझाया हुआ था| नीचे झुकी हुई आँखें आँसुओं से भरी हुई थीं|

विष्णु ने पूछा, 'आभा, तुम इतनी उदास क्यों हो?'

आभा उदास क्यों थी, यह बात विष्णु से कह न सकी, 'कि तुम्हारे ऊपर एतवार नहीं हो रहा, कि तुम सदा के लिए ऐसे बने रहोगे, या

कल फिर से अपने पुराने रंग में रंग जावोगे? तुम्हारे प्यार में मेघों की सुखद छबि नहीं दीखती, बल्कि ग्रीष्म के मेघों का प्रवाह है|'

आभा की बात सुनकर, विष्णु एक झटके में आभा से अलग हो गए, बोले, 'तुम मुझसे इस तरह उटपटांग बातें क्यों करती हो, क्या मैं कोई दगाबाज, लम्पट हूँ, जो आज अपना बनाकर, कल मुँह फेरकर चल दूँगा? मैं तुम्हारा पति हूँ, और तुम मेरी पत्नी हो| हमलोग अग्नि को साक्षी रखकर एक दूसरे के बने| इसके बाद भी तुम्हारे मन में कोई शंका, या मेरे प्रति अविश्वास है, तो मैं यही मानता हूँ कि मुझ सा अभागा इस दुनिया में मेरे सिवा शायद ही कोई दूसरा होगा|'

आभा रात जागकर बिता दी, नींद आती भी कैसे? दुराशा और पराजय की कठिन यन्त्रणा किसी कोड़े की तरह उसके हृदय पर पड़ रही थी| ऐसा मालूम हो रहा था, कि उसके कंठ में कोई कड़ी चीज अटक गई हो| विष्णु को अपने प्रवाह में लाने के लिए उसने वह सब योजनायें की, जो एक रमणी कर सकती है| पर विष्णु पर उसके सारे हाव-भाव, मृदु मुस्कान और वाणी विलास का कोई ख़ास असर न होता देख, आभा ने उनसे हँसी-मजाक न करने की कसम खा ली| क्रोध और ग्लानि ने उसके प्रणय-प्यास को इस कदर विकृत कर दिया, जैसे कोई मैली वस्तु, निर्मल जल को दूषित कर देती है| उसने सोचा, जब उन्हें मेरी आवश्यकता का भान नहीं है, मैं क्या चाहती हूँ, ख्याल नहीं रखते हैं, तो फिर मैं क्यों उनकी याद में अपना देह-प्राण, दीये की भांति रात-रात बैठकर जलाती रहूँ| मैं उनकी इच्छाओं की पत्नी बनी रहूँ| मैंने उनके हाथ, शरीर बेचा है, आत्मा नहीं|

विष्णु ने स्नेह मधुर स्वर में आभा को मनाते हुए कहा, प्रिये! यदि यह कष्ट है, दुखद है तो फिर सुख क्या है? आभा, आँखों के आँसू पोंछती हुई कही, 'मैं नहीं जानती| उदास होकर विष्णु बोले, ''प्रिये! पर मैं जानता हूँ'', विष्णु ने कहा| विष्णु के संबोधन में 'प्रिये' शब्द में विलक्षण मंत्र की शक्ति थी, जिसे सुनकर आभा के मुख पर चमक आ गई| जीर्ण मुद्रा प्रदीप्त हो गई| नसों में एक नए जीवन का संचार हो उठा| यह सोचकर कि वह क्षण कितना स्फूर्तिमय था, कितना उल्लास और कितना करुणामय था| आभा का अंग-अंग फड़कने लगा| उसे अपने शरीर में एक अलौकिक शक्ति का अनुभव हो रहा था| ऐसा जान पड़ता था, मानो वह आज, त्रिभुवन की सैर कर आई हो|

एक क्षण के लिए, उसे ऐसी तृप्ति हुई, मानो जीवन की सारी अभिलाषाएँ पूरी हो गईं| अब उसे विष्णु से कोई शिकायत नहीं है| अब तो शिव भी आकर पूछें, और क्या अभिलाषा है, तो मैं मुँह फेर लूँगी|क्योंकि इस अभिलाषा के बाद, और की चाह मेरी बची ही नहीं| वह फूली नहीं समा रही है, उसे गर्व हो रहा है, मानो उससे सुखी, उससे अधिक और कोई पत्नी अपने पति की हो ही नहीं सकती| आभा ने विष्णु की और देखकर कहा, 'आज तो तुम्हारे स्कुल जाने का भी दिन आ गया|'

विष्णु, इस सरल, अनुरक्त प्यार से ओत-प्रोत शब्द को सुनकर विह्वल हो उठे, और एक बार फिर से आभा को गले लगा लिए| उसके बालों को सहलाते हुए, बोले, 'जल्दी ही लौटने की कोशिश करूँगा|'

आभा, पति के गले लगकर, आँखों में आँसू लिए बोली, 'विष्णु, पता नहीं क्यों, इस बार मैं तुमसे अलग रहने की कल्पना मात्र से चिंतित

हो उठती हूँ| मैं यहाँ अकेली नहीं रहूँगी, मैं तुम्हारे साथ चलूँगी|आभा का हृदय कातर हो रहा था|'

विष्णु को जाते देख आभा आज इतनी दुर्बल हो रही थी, कि घर से बाहर कदम रखते ही, उसके सकुशल लौट आने के लिए, ईश्वर से मनौतियाँ करने लगी| जब तक विष्णु, वृक्षों की ओट में छिप नहीं गए, वह उसे खड़ी- खड़ी निहारती रही| वह घंटों उस राह को ताकती रही, जिस पर से चलकर विष्णु स्कुल के लिए निकले| वहाँ अब शून्य था| उसकी विस्मृति टूट गई| वह व्यथित हृदय लिए रोती हुई, आँगन में लौट आई, और विस्तर पर लेटकर, रोने लगी|

आज पहली बार विष्णु से अलग होना, उसके हृदय को इतना दुःखी कर रहा था| इसके पहले भी, तो वे अनगिनत बार स्कुल के लिए घर से निकले थे| पर तब यह बात नहीं थी, जो आज थी|

आभा का विवाह हुए तीन साल गुजर चुके थे| इन तीन सालों में आभा को सन्तान का ध्यान नहीं हुआ| यदि विष्णु कभी चर्चा करते, तो वह हँसकर टाल देती, कहती, 'मुझे सन्तान की इच्छा नहीं है| तुम्हारी है, तो तुम्हारे पास सल्लू तो है ही, मुझसे बच्चे पालने का बोझ नहीं उठाया जायगा| अभी तक आभा को सन्तान की आशा थी, इसलिये अधीर नहीं होती थी| लेकिन जब चौथा साल यूँ ही बीत जाने लगा, तब उसे थोड़ी निराशा होने लगी| मन में चिंता हुई, क्या मैं निःसंतान ही रह जाऊँगी? ज्यो -ज्यों दिन बीतता गया, उसकी चिंता बढती गई| उसे अपना जीवन, कुछ शून्य सा मालूम होने लगा|

एक दिन, आभा ने विष्णु से कहा, 'विष्णु! लोग सन्तान, सन्तान कर इतना पागल क्यों रहते हैं? जब कि आजकल के युग में, राम और श्रवण कुमार, तो विरले सन्तान होते हैं| जन्म से तीस साल तक उसकी सेवा करो, उसके सुख, शान्ति का ख्याल रखो| पर जब वह बड़ा हो जाता है, तब माँ-बाप की सेवा करना तो दूर, पहचानने तक के लिए तैयार नहीं होते| हर समय अपने बीबी, बच्चे में लगा रहता, और जब फुर्सत मिलती, अपने दोस्तों के बीच मन बहलाने चला जाता है| इससे अच्छा है, नि:संतान रहना|

विष्णु ने देखा, आभा की बातों में वज़न है| पर दुनिया का दस्तूर, कुछ और है| यह सोचकर विष्णु ने आभा से बेदिली के साथ कहा, 'आभा, तुम जो कह रही हो, सब ठीक है| पर, जिस दुनिया में हम रहते हैं, वे ऐसी नारी को बहिला, कुलक्षिणी न जाने और क्या-क्या कहकर संबोधन करते हैं| इसलिये मेरे विचार से, पुत्र हो या पुत्री, किसी एक का होना आवश्यक है|

विष्णु की बातें सुनकर, आभा की दशा, इस समय उस पथिक सी हो गई थी, जो पथिक अनजानें में ही सही, कुसमय पथ को छोड़कर, काँटे भरे पथ पर चलने का निश्चय कर लिया हो| उसे भविष्य की चिंता सताने लगी| वह शोकमग्न हो गई| विष्णु को समझ में नहीं आ रहा था कि आभा को अब कैसे संतावना दूँ कि तुम जिस भविष्य के जिस काले सच की कल्पना कर रो रही हो, उसका समाधान ऊपरवाले ने पहले से कर दिया है| पर तुम्हारा यह उद्देश्य उसी दशा में पूरा होगा, जिसे तुमसे श्रद्धा हो, जो तुम्हारा उपकार माने| जो दिल से तुम्हारी इच्छाओं का आदर करे| जो स्वयं को तुम्हारे रंग में रंग दे| जिसके हृदय में अपने, पालनहार के प्रति, दया, प्रेम और आदर हो,

नींद हमारी, ख्वाब तुम्हारे    65

और यह सब गुण उसी मनुष्य में हो सकता है, जो तुमको अपनी माँ समझे। अगर कोई ऐसा बालक मिल जाए, तो हमें उसे गोद ले लेना चाहिए। इससे उत्तम मुझे और कोई व्यवस्था नहीं सूझती। संभव है, कुछ दिन तक हमें, उसकी देखभाल में, खुद को भुला देना पड़े। किन्तु कुछ दिनों बाद जब वह बड़ा हो जायगा, तब हम स्वच्छंद हो जायेंगे। तब हमारे आनंद और विहार के दिन होंगे। तब हमारी और दुनिया की कोई चिंता, कोई उलझन वह संभालेगा। हमारी और, हमारी शांति में विघ्न डालने, कोई झोंका नहीं डाल सकेगा।

आभा, पति की बात सुनकर पुलकित हो गई। उस आनंदमय जीवन का दृश्य, उसकी कल्पना को चित्रमय कर दिया। उसकी तबीयत लहराने लगी। जिस बात का वह अभी कुछ पहले विरोध कर रही थी, अब उसके गुण-दोष पर कुछ विचार न कर बोली, 'विष्णु, तुम्हारा कहना यथार्थ है। पुत्र के प्रति मेरी धारणा एकतरफ़ा थी, जो कि नहीं होना चाहिए। आदमी किसी के मन में तो बैठ नहीं सकता। अन्दर का हाल कौन जाने, किसी एक, पुत्र के कुपुत्र हो जाने से, संसार के सारे पुत्र, कृतघ्न और नमकहराम होंगे, यह सोच गलत है। देखा गया है, एक माँ-बाप के दो बच्चे, एक साधु और दूसरा शैतान बन, समाज का अनिष्ट करता चलता है।

आभा, दो-चार मिनट तक इसी विचार में मग्न रही, कि, विष्णु किस बच्चे की बात कर रहे हैं, जिसे मैं गोद लूँ? उसने मन ही मन, विष्णु के सम्बन्धियों का दिग्दर्शन किया। तो कई एक बच्चे मिले, जिसे गोद लिया जा सकता था। पर सबों के स्वभाव में उसे कुछ खामियाँ दीखती थीं, और उसे नकार देती थी। सोचते-सोचते वह चौंक पड़ी, उसका ध्यान, उसके दूर के रिश्ते में, मामा के प्रपौत्र पर गई। पर

विष्णु से जब इसके बारे में बताना चाही, उसके जवान पर आते-आते रह गया| विष्णु, तो मनोवांछा को ऐसा गुप्त रखा था, कि कहीं यह सुनकर, उसके मर्यादाशील हृदय को चोट न लगे| हालांकि विष्णु यह भलीभांति जान गया था, कि आभा पर अभी वो नशा है, जो शराब और पानी में भेद नहीं कर सकता| उसने कई बार चाहा, आभा से सच्चाई बता दूँ, पर हिम्मत नहीं जुटा पाया| हर बार कहते-कहते रुक गया|

एक दिन विष्णु ने बातों-बातों में पूछ लिया, क्या, कोई ऐसा बालक नजर आया, जिसमें वह सब गुण दिखता हो, जिन गुणों का मैंने दो दिन पहले, तुमसे जिक्र किया था| आभा, निराश हो बोली, 'एक आया तो, पर मालूम नहीं, तुमको वह पसंद आयेगा या नहीं| विष्णु, बोले, 'कुछ विस्तार में बताओगी? बिना जाने-बूझे मैं कैसे वचन दे सकता हूँ?'

आभा बोली, 'मैं जानती हूँ, आपको उसमें आपत्ति होगी|'

विष्णु बोले, 'कुछ बताने के पहले, तूने ऐसा क्यों सोच लिया?'

आभा ने उत्तर में कहा, 'इसलिये कि वह मेरे मायके के रिश्तेदार में, मेरे मामा का प्रपौत्र है|'

मामा की बात सुनकर, विष्णु, इस तरह चौंक उठे, जैसे उसके कानों में बंदूक की गोली छूट गई हो| विस्मित नेत्रों से देखा, और इस भाव से बोले, मानो आभा ने दिल्लगी की हो|, बोले, 'इतने दूर के रिश्ते के बालक को गोद लेना क्या ठीक रहेगा? जिस परिवार के बारे में, मैं

भलीभांति यह भी नहीं जानता है कि वे लोग कैसे हैं, कैसा खानदान है? उसके परिवार का समाज में कैसी और कितनी इज्जत है? किसी बच्चे को अपना संतान बनाने से पहले, उसके कुल-मर्यादा को जानना जरुरी है|

आभा, 'इसके सिवा मैं और किसी को नहीं जानती| मेरी कुटुम्बियों की तरफ से तो आप निश्चिन्त ही रहिये|'

विष्णु, 'कुछ देर मौन रूप से, जमीन की और ताकते रहे| जैसे कोई महान त्याग की बात सोच रहे हों|

फिर श्रद्धा भरे स्वर में कहा, 'अगर तुम्हें पसंद है, तो फिर मेरे न कहने की गुंजाईस कहाँ है? मेरी तरफ से, यह बालक तुमको मुबारक हो, वह आज्ञाकारी हो| फिर सजल नेत्रों से बोले, 'आभा, अच्छा होता कि किसी नजदीकी रिश्तेदारी का बालक जो मिलता| उससे जो भी हमारी इच्छायें हैं, वह सब पूरी होने कीआशा रहती| ऐसे ऊपरवाला, उसे सद्बुद्धि दें, जिससे कि वह तुम्हारे आदर्श को चरितार्थ करे|

आभा के पास, विष्णु के अर्द्धस्वीकृत को पूर्ण बनाने का कोई अन्य उपाय नहीं था| उसने कहा, 'तुम्हारी नजर में इससे बेहतर बालक है, तो बताओ, देर किस बात की? यह सुनते आभा वहाँ से यह कहकर जाने लगी, 'ठीक है, हमलोग, फिर कभी बैठकर विचार करेंगे|'

सारी रात आभा, इसी उद्विग्न दशा में पड़ी रही| कभी सोचती, इन सब परेशानियों से अच्छा है, बिना सन्तान का स्वतंत्र जीवन बिताना| फिर सोचती, बिना सन्तान के जीने से तो अच्छा है, मर जाना| सारी रात, आँखों में काट ली, दिन निकल आया| लेकिन उसका उठने का जी नहीं चाहता था| इतने में विष्णु आकर खड़े हुए, और बोले, 'तुम्हारी बोझिल पलकें बता रही हैं कि तुमने रात सोया नहीं| क्या मैं ठीक कह रहा? आभा, चिंता व्यक्त करती हुई बोली, 'बहुत हद तक आप सच कह रहे हैं, पर पूरी तरह नहीं|'

विष्णु 'सच!'

आभा, बिल्कुल, शत-प्रतिशत सच| मैं आपकी भाँति कोई भी बात अर्द्धसत्य नहीं बोलती, यह कहते हुए दरवाजे की तरफ चली| मगर पैर लड़खड़ाये, और वहीँ गिर पड़ी| विष्णु ने झटपट उसे उठाया| पानी पीने के लिए दिया, और कहा, 'अभा, मेरी नजर में एक बच्चा है| नजदीकी भी है और लायक भी| सबसे बड़ी बात तो यह है कि उसकी माँ नहीं है, पिता ज़िंदा है, पर उन्होंने दूसरी शादी कर ली है| इसलिये भविष्य में, उसका होकर कोई भी, तुम्हारे पास उससे मिलने, या उस पर अपना अधिकार जताने नहीं आयेगा| कहो, तो बात आगे बढाऊँ| आभा झिझकती हुई, इस बात का उत्तर तो मैं बाद में दूँगी| पहले यह बताओ, वह बच्चा है कौन? बिना बाप-माँ का वह ज़िंदा कैसे है, उसे पालता कौन है?

विष्णु, आभा की बात सुनकर सन्नाटे में आ गए| उन्हें पता था, बगल झांकते हुए बोले, 'नाना-नानी '| वही लोग उसे पढ़ा -लिखा भी रहे

हैं| जहाँ तक मेरी जानकारी है, वह लगभग नौ साल का है| बहुत ही प्यारा और लायक है| नाना-नानी की आँखों का तारा है| मगर:

आभा, मगर क्या?

विष्णु ने कहा, 'वे दोनों ही अब बूढ़े हो चुके हैं| वे लोग खुद की देख-रेख भी अच्छी तरह नहीं कर पाते हैं, ऐसे में भला, एक बच्चे की देखभाल कैसे संभव होगी? मैं कल्पना करता हूँ, तो आँख में आँसू भर आता है|

आभा ने विष्णु को भेद की दृष्टि से देखा| यह वह भोलीभाली आभा नहीं थी| अब वह त्रिया चरित्र में निपुण हो चुकी थी| दगा का जवाब, दगा से देना सीख चुकी थी| उसने मुस्कुराते हुए कहा, 'विष्णु जी, मेरे बाज़ार में अब खोटे सिक्के नहीं चलते| अब आपको यह बाजी जीतने के लिए, कोई और चाल चलनी होगी| नए किले बाँधने होंगे|
विष्णु ने दीन भाव से भूमि की ओर ताकते हुए कहा, 'मैं कुछ समझा नहीं, कहाँ का खोटा सिक्का, और कैसा बाज़ार?'

विष्णु को अब ज्ञात हुआ कि आभा को अपने हृदय के भावों को प्रकट करने में कितना शांतिमय आनन्द का अनुभव होता है| इसके विपरीतअपनी आत्मकथा, बताने में प्रेम से शुरू तो होता है, पर ख़त्म आत्मग्लानि से होती है| विश्वास के उदगार में भी मुझे सावधान रहने की जरूरत पड़ती है| कारण मुझे हर बात को बताते, कुछ न कुछ छिपाने और दबाने की आवश्यकता पड़ती है| आखिर मैं करूँ तो क्या? मेरे हृदय में ऐसे काले धब्बे हैं, जिन्हें दिखाने का मुझमें साहस नहीं है| मुझे उसके समक्ष प्रेम और भक्ति का जिक्र करते शर्म आती

है| काश कि शादी के पहले, वे अर्जुन के बारे में भी, मामाजी साफ़-साफ़ बता दिए होते, चाहे शादी होती, और नहीं होती, तो आज ये दिन देखने नहीं पड़ते| मेरे व्रत और प्रेम, धूल में नहीं मिलते|

विष्णु, इन्हीं विचारों में डूबे हुए थे, तभी आभा आकर बगल में बैठ गई, और विष्णु के मुख की ओर देखकर बोली, 'मुख इतना लाल क्यों हो रहा है? क्या बात है? '

विष्णु, 'कुछ नहीं, यूँ ही, मन ही तो है, उतार-चढ़ाव चलता रहता है|'

आभा बोली, 'मुझसे कहने योग्य नहीं है?'

विष्णु बोले, 'तुमसे छिपा ही क्या है, जो मुझसे पूछती हो? मैंने अपनी तरफ से छिपाया है, पर लगता है, तुम सब कुछ जानती हो?'

आभा कही, 'जो जानती होती, तब फिर तुम्हारी खुशामद ही क्यों करती?'

विष्णु की दशा, इस समय उस पथिक की सी थी, जो साधु-भेषधारी डाकुओं के कौशल की जाल में पड़कर लुट गया हो| वह उस पथिक की भांति पछता रहे थे, जो कुसमय पथ को जान-बूझकर, छोड़कर पथरीली पथ पर उतर आया हो| आभा की मर्मभेदी, रहस्यमय बातें विष्णु के कलेजे के पार हो जातीं| उसके तीव्र हृदय को छेद डालतीं| विष्णु की दशा, उस टूटे हुए वर्त्तन की तरह हो रही थी, जसमें एक तरफ से पानी भरो, तो दूसरी तरफ से टपक जाए| एक तरफ वह

आत्मशुद्धि की क्रियाओं में तत्पर हो रहा था, तो दूसरी ओर चिंता-व्याधि उसे घेरे रहता था।

मानव चरित्र, न बिल्कुल श्यामल होता है, न श्वेत ; उसमें दोनों रंगों का विचित्र मिश्रण होता है। स्थिति अनुकूल हुई, तो ऋषि-महात्मा तुल्य हो जाता है। प्रतिकूल हुई, तो नराधम, विष्णु भी अगर लोभी या स्वार्थी बना हुआ है, तो यह उसकी परिस्थिति है। भूखा आदमी खुद भूखा रहकर, कुत्ते को खाना नहीं खिलाता। अप्रसन्नता ने उसकी श्यामलता को और भी उज्जवल कर दिया था। उसकी उच्च शिक्षा ने उसे जीवन को एक वृहत संग्राम-क्षेत्र समझना सिखाया था। उसने जितने भी महान पुरुषों की कहानी पढ़ी थी, सब के सब संघर्ष नीति का आश्रय लेकर सफलता प्राप्त की थीं।

विष्णु की जिंदगी के सारे मनसूबे धूल में मिल गए। जब अर्जुन का जन्म हुआ था, तभी उसे अपनी छाती से चिपकाकर, मन ही मन विष्णु ने यह तय किया, कि अपने जीवन संध्या में, अपना सर्वस्व तुमको सौंपकर और सल्लू का विवाह कर किसी एकांत में बैठकर, ईश्वर का भजन-कीर्तन करूँगा, और जी भरकर विश्राम करूँगा। लेकिन उसके मन की बात मन में ही रह गई। विष्णु बहुत ही परिश्रमी था। जवानी से अब तक, कभी विश्राम की बात नहीं सोची। अर्जुन को बड़ा होता देख, उसका हौसला भी बढ़ता गया। लेकिन ऊपरवाले ने बीच में ही अपनी निर्लज्जता पूर्ण तमाशा शुरू कर दिया। अर्जुन की माँ की असमय मृत्यु हो जाना, विष्णु के सर पर मानो बज्रपात हो गया। हौसले टूट गए। मातृविहीन बच्चे, माँ के प्यार के लिए, तरसने लगे। दादी पहले ही, ईश्वर की प्यारी हो चुकी थी। घर में स्त्री कहकर, कोई न थी, जो उन दोनों पर प्यार लुटाती। कल तक विष्णु के हृदय

को जो ईश्वर, बल और उत्साह प्रदान करता था, आज उसका विपदग्रस्त मन, उस ईश्वर का विद्रोह कर रहा था|

धीरे-धीरे इस असंतोष ने विष्णु के हृदय में निराशा जागृत कर दिया| सोचता, ईश्वर से मैं इतना डरता क्यों हूँ? उसने मेरे जीने का अवलंब तक मुझसे छीन लिया| जो न मालूम, मेरे पूर्व जन्म की कितनी ही तपस्याओं का फल था| इसी निराशा की दशा में, एक दिन वह टहलता हुआ, नदी के किनारे उस स्थान पर जा पहुँचा, जहाँ छोटी - छोटी अनेकों नावें लगी हुई थीं| संध्या समय की शांतदायिनी छटा और गंगातट के मनोरम दृश्य ने उसे अचानक वशीभूत कर दिया| वह सोचने लगा, क्या सचमुच यह जीवन इतना आनंदमय है| काश कि ईश्वर अपने इस आनन्दमय भंडार से भिक्षा स्वरुप, एक कण मेरे हिस्से भी दिया होता| तो आज, अर्जुन की माँ, मुझे छोड़कर नहीं जाती, मेरा जीवन भी सुखमय और सुन्दर होता| आनंदमय स्वप्न को देखने में वह ऐसा मग्न हुआ कि उसका चित्त व्याकुल हो उठा| वहाँ की प्रत्येक वस्तु उसे, सुख, शांति और आनंद के रंग में डूबी हुई नजर आने लगी| वह उठा, और अपने घर की ओर चल दिया, मानो अब उसे जीवन में किसी चीज की अभिलाषा नहीं, मानो उसने किसी बड़े संग्राम में विजय पा ली हो| सारी रात उसे नींद नहीं आई| उसकी कल्पना ने, एक तट पर हरी-भरी लताओं का एक झोपड़ा बनाई, और आभा की करुणाममयी एक मूर्ति लाकर वहाँ बैठा दिया| देखा, आभा के बैठते ही झोपड़ा प्रकाशमान हो गया| अपनी कल्पना के दिव्य प्रकाश की मनोहारी रौशनी में, अर्जुन और सल्लू को खेलता देख, वह आभा के साथ विहार करने लगा|

हमें जिससे प्रेम होता है, हम उसे सदा एक ही अवस्था में देखते हैं| हम जिस अवस्था में स्मरण करते हैं, उसी समय के भाव, उसी समय के वस्त्राभूषण हमारे हृदय पर अंकित हो जाते हैं| विष्णु, अपनी पहली पत्नी (शांता ) को उसी अवस्था में देखता था, जब वह एक लाल साड़ी पहनी, सल्लू को गोद में लिए, दरवाजे पर, उसके स्कुल जाते वक्त खड़ी रहती थी| वह चित्र उसकी आँखों से नहीं उतरता था| उसकी कल्पना नौका, इस तरह चल रही थी, जैसे आसमान पर बादल चलते हैं| अचानक यह सोचकर कि नाव लहरों पर डाल तो दिया, लेकिन क्या पार भी लगेगी?

अचानक उसे लगा कि पानी गहरा हो रहा है, और हवा तेज है| जीवन -यात्रा इतनी सरल नहीं| लहरें अगर मीठे स्वरों में गाती हैं, तो भयंकर ध्वनि से गरजती हैं| हवा अगर लहरों को थपकियाँ देती है, तो कभी उछाल भी देती है| लहरों पर, ऊब-डूब करती नौके को देख, वह पसीने से तर-बतर हो गया| उसका हृदय चमकती हुई चंद्र किरणों के सदृश्य थरथराने लगा| उसी निराश अवस्था में उसकी आँखें खुल गईं| उसने रोते हुए कहा, 'प्रभु! मैंने बड़ा पाप किया है| मैंने एक कोमल हृदय को बड़ी निर्ममता से कुचला है| पर इसका यह दंड असह्य है, तुम दयामय हो, मुझ पर दया करो, और कोई रास्ता या सुझाव दो, कि मैं अपने पुत्र को अपने साथ रखकर उस पर पिता का प्यार लुटा सकूँ, जिससे कि वह कई सालों से वंचित है|

एक बार छुट्टी में विष्णु, अर्जुन से मिलने उसके नाना के घर गए| अर्जुन कुछ बच्चों के साथ खेल रहा था| वह झटककर अर्जुन के पास गया, और अर्जुन को गले लगाकर, पुलकित होकर कहने लगा, 'बेटा! कैसे हो? बोर्डिंग में मन लगता तो है? किसी चीज की कमी तो नहीं

है, उसका जी चाहता था, आजतक जो प्यार इसका मेरे पास बाकी रहा है, सब लौटा दूँ| खूब प्यार करूँ| इसे चूमूं गोद में भरकर खेलाऊँ| उसे ऐसा ज्ञात हो रहा था, मानो आज संसार संतानहीन है, और एक मैं ही पिता हूँ|

पर जिस प्रकार मनुष्य लोभवश होकर, किसी की कीमती वस्तु चुरा लेता है, पर विवेक होने पर, उसे देखने में भी लज्जा आती है| उसी प्रकार, अर्जुन से बचता चलता था| वह सोचता था, कि शायद अर्जुन मुझसे नफरत करता है| इसीलिए वह, मुझे देखकर भी दौड़कर मेरे पास नहीं आ रहा| वह मेरी उपेक्षा करता है| यह सोचकर कि कैसे घर पर आराम से रहता था, इन्होंने अपनी शादी कर मुझे वनबास दे दिया| कभी, मुझसे लिपटकर सोनेवाला, बच्चा आज मुझे देखकर दूर-दूर रहना पसंद करता है| मेरी ओर नजरें उठाकर देखता तक नहीं|

विष्णु सोचने लगे, 'मैं कितना अभागा हूँ, कि पास सागर लहरा रहा है, और मैं उसका आनन्द भी नहीं उठा सकता|अर्जुन को जितना अपना बनाने की कोशिश करता हूँ, वह उतना ही दूर भागता है| मैं इसके लिए उसे क्यों दोष दूँ, यह तो मेरे कर्मों का फल है| बुरे कर्म तो मैंने किये हैं, तो उसका फल कौन भोगेगा? विलास-लालसा ने मेरी यह दुर्गति की| कैसा अंधा हो गया था, मैं केवल इन्द्रियों के सुख-भोग के लिए अपना भविष्य नाश बैठा| मुझे कष्ट अवश्य था, मैं भोग-विलास के लिए तड़पता रहता था| अपने सूने सेज को सजाने के लिए तरसता था| उस समय मुझे अपना जीवन दुखमय दिखाई देता था, पर यह भूल गया था कि यह अवस्था मेरे पूर्व जन्म का फल है| क्या संसार में, मेरे सिवा और कोई पुरुष नहीं है, जो मुझसे अधिक कष्ट

झेलकर भी, अपनी आत्मा, अपने भविष्य की रक्षा करता है| अपने पड़ोसी रघुदास को ही लो, उसकी पत्नी, शिखा, छ: महीने के बच्चे को छोड़कर भगवान् को प्यारी हो गई| तब से आज दश वर्ष बीत गए, रघुदास अपने बच्चे को, बाप के साथ उसकी माँ का भी प्यार देता आ रहा है| बहुत कष्ट है, खाने-पीने, घर की देखभाल करने में ; बावजूद उसने दूसरी शादी नहीं की, और उस बच्चे का मुख देखकर जीता आ रहा है| और मैं आठ और तीन साल के बच्चे को पाल न सका, यह कहकर कि इन्हें कौन देखेगा? अपनी प्रेम-लिप्सा के लिए, दूसरी शादी कर, बच्चों के लिए सौतेली माँ घर ले आया, और बच्चे को घर से बाहर कर दिया| मुझे क्या पता था, आभा की जिस सुंदरता पर मैं इतना गर्वित हो रहा हूँ| उसकी सुन्दरता की यह आग, मेरे साथ मेरे बच्चों को भी जला देगी| विष्णु बहुत देर तक इन्हीं विचारों में लीन रहा| आज तक विष्णु ने कभी, इस सवाल पर आत्मविचार नहीं किया था| अचानक, उसने देखा, आभा उसके पास खड़ी दयापूर्ण नेत्रों से उसकी ओर ताक रही है| विष्णु कमजोर मुस्कान के साथ पूछा, 'आभा! तुम यहाँ कब से खड़ी हो? क्या कुछ कहना है, तो कह डालो|"

वह दीन भाव से बोली, 'विष्णु, तुम्हें पता है, मुझे क्या चाहिए, और अधिक इंतजार मुझसे नहीं होगा| तुमने बताया था न, कि एक बच्चा है, जिसकी माँ नहीं है| वह नाना-नानी के पास रह रहा है, पर अब और अधिक समय वहाँ नहीं रह पायेगा| क्योंकि वे लोग बहुत बूढ़े हो चुके हैं| बच्चे के पिता तो हैं, पर उन्होंने अपनी दूसरी शादी रचा ली| सौतेली माँ के खौफ से उसके पिता, उसे उसके ननिहाल छोड़ आये, तब से वह मातृविहीन बालक वहीं, माँ के प्यार को तरसता हुआ बड़ा हो रहा है|

विष्णु ने कहा, 'तुमने जो कहा, मैं वही स्वप्न देख रहा था| मैं जानता हूँ, तुम्हारा हृदय सन्तान सुख के लिए कितना ललाइत है| कारण तुम्हारे हृदय में दया है, करुणा है, और सेवा भाव की भावना है| साथ ही ईश्वर ने तुम्हें ज्ञान और विवेक भी दिया है| इसलिये मैं कह सकता हूँ, तुम दूसरे के बच्चे को भी अपनी संतान मानकर, उसे पाल सकती हो|'

विष्णु की बातें सुनकर, आभा की आँखें सजल हो गईं| विष्णु ने संदिग्ध भाव से पूछा, 'आभा, तुम्हारी आखें नम क्यों हो गईं? क्या मैंने कोई त्रुटिपूर्ण बात कह दी? अगर ऐसा कुछ हो तो मुझे माफ़ कर दो| आगे से मैं इसका ख्याल रखूँगा|'

आभा, अपनी आँखों के आँसू पोंछती हुई, कही, 'विष्णु! मेरे प्रति तुम्हारा यह विचार, मेरे चित्त को गदगद कर दिया| ये दुःख के आँसू नहीं, सुख के आँसू हैं| मुझे तो स्वप्न में भी यह आशा नहीं थी कि तुम्हारा मुझपर इतना विश्वास है|'

विष्णु ने, विश्वास की बात करके आभा आभा के दिल को जीत कर, उसमें प्रेम संचार कर दिया|

आभा, बड़े ही गंभीर लहजे में कही, 'विष्णु! मैं आपके विश्वास को कभी टूटने नहीं दूँगी| मैं अपनी और तुम्हारी ख़ुशी की खातिर असाध्य बोझ भी उठा लूँगी| तुमको इतना विश्वास है, यह मेरा सौभाग्य है| मैं उसके लालन-पोषण में अपना सुख-चैन लुटा दूँगी| बावजूद हो सकता है, उसकी माँ, के बराबर उसकी देखभाल कर

न सकूँ। इसके लिए मुझे क्षमा करना। यह कहकर उसने अपना सर झुका लिया, आँखें डबडबा आईं। उसकी वाणी से जो कुछ न हो सका, वह उसके मुख के भाव ने प्रकट कर दिया। मानो वह कह रही थी, यह तुम्हारे असीम विश्वास की कृपा है, जो तुम मुझ पर इतना विश्वास है। कहाँ मुझ जैसी अभागिन, और कहाँ माँ जैसा एक महान पद। मैं कोशिश करुँगी कि तुम्हारे इस विश्वास को अंतिम सांस तक बनाए रखूँ।

आभा, विष्णु के इस हीले-हवाले को पूरी तरह तो नहीं, पर कुछ हद तक समझ गई, क्योंकि उस बच्चे की कहानी उससे मिलती-जुलती थी। आभा ने उदास होकर कहा, 'अब देर किस बात की?'

विष्णु, 'सच कहूँ, तो आभा, मेरे सर पर उपकारों का इतना बोझ रखती जाती हो कि मैं शायद हिल भी न सकूँ।

आभा, 'यह आपकी कृपा, स्नेह और शालीनता का फल है कि मुझे याद नहीं आता, कि जितनी शांति और सुख मुझे यहाँ मिलती है और शायद ही कहीं मिला हो! आपकी हार्दिक संवेदना ने मुझे यह विश्वास करने के लिए मजबूर किया, कि इस संसार में देवताओं का वास है। अन्यथा मैं तो नास्तिक होती चली जा रही थी।'
विष्णु की सरलता और नम्रता, आभा के हृदय को दिनोंदिन और अधिक मोहित कर रही थी।

विष्णु जैसे पुरुष का श्रद्धा पात्र बनकर उसकी क्षुद्रतायें और मलिनताएँ आप ही मिटती जाती थीं। वह ज्योति दीपक की भाँति उसके अंत:करण के अंधेरे को विच्छिन्न कर दे रही थी। विष्णु का

नींद हमारी, ख्वाब तुम्हारे 78

विश्वासी बनकर वह बहुत खुश थी| पर उसे यह भय भी सता रहा था, कि कहीं किसी दिन यह विश्वास रत्न मेरे हाथ से निकल न जाए| उसकी कई दिनों से इच्च्छा हो रही थी कि एक बार खुलकर विष्णु से इस पर बात कर लूँ पर कोई अवसर नहीं पाती थी| आभा उन स्त्रियों में नहीं थी, जिसकी आत्मा सिद्धि-लालसा के नीचे दबकर निर्जीव हो जाती है| वह सदैव अपने इष्ट मित्रों से अपनी सन्तान-सुख से वंचित रहने का रोना रोया करती है, और नि:संदेह ये आँसू उसके ह्रदय से निकलते हैं| वह कई बार चाही, कि ऐसा करना दूसरों के आगे, अपना दुखरा वयां करना, ठीक नहीं है| लेकिन जुआरियों की प्रतीक्षा की भांति, उसका निश्चय भी कभी द्ढ़ नहीं होता था| बल्कि दिनोंदिन दूसरों की सहानुभूति पाने के लोभ में और अधिक डूबती जा रही थी| उसकी दशा, उस पथिक सी थी, जो संध्या होने से पहले ठिकाने पर पहुँचने के लिए तेजी से कदम बढाता है|

शरद पूर्णिमा के अवसर पर गंगा तट के सुन्दर द्श्य को देखने दूर-दूर से लोग आते हैं| युवक और युवती के रहस्यालाप करते हुए जोड़े, मित्रों की मंडलियाँ, परिवार का दल, उसके आनन्द कोलाहल को आभा, उदास चिंतित देख रही थी ; डाह होती, जलन होती| तृष्णा जाग जाती, पर उस रमणीय द्श्य का उपयोग न कर, अपनी पलकों को दबा लेती, कानों को बंद कर लेती| सोचती, इस आनंदमय क्षण में मुझे शामिल होने का अधिकार नहीं है| विष्णु, मेरे साथ है, फिर भी मैं अकेली हूँ| इससे तो अच्छा था कि मैं दूसरे लोगों के साथ यहाँ आती| इसके साथ आने से क्या फायदा? पास बैठे विष्णु से आभा ने आर्द्र होकर कहा, 'तुम जानते हो विष्णु, तुमसे अधिक निकट इस संसार में मेरा दूसरा कोई नहीं है| मैंने खुद को तुम्हारे क़दमों पर समर्पित कर दिया| तुम मेरे जनम-जनम के साथी हो, पथ-प्रदर्शक

नींद हमारी, ख्वाब तुम्हारे

हो| मेरे देवता हो, गुरु हो| तुम्हें मुझे कुछ कहने की जरूरत नहीं, मुझे केवल संकेत कर देने की आवश्यकता है| उसका दायित्व मेरे ऊपर है| यह मैं जानती हूँ, पर तुम्हारा अमूल्य समय पाकर भी वहीं बनी रहूँगी| ऐसा सोचकर, तुम मेरे साथ अन्याय कर रहे हो| मैं तुम्हारी पत्नी, तथा तुम्हारे बच्चों की माँ बनकर कितना गर्व अनुभव कर रही हूँ, यह तुम नहीं समझ सकते| तुम्हारा प्रेम और विश्वास पाने के बाद, अब मेरी कोई तमन्ना बाकी नहीं है| यही मेरी पूर्णता है|'

यह कहते-कहते आभा के मन में ऐसा अनुराग उठा कि वह विष्णु के सीने से जाकर लग गई| भीतर की भावनाएँ बाहर आकर जैसे सत्य हो गई थी| उसका रोम-रोम पुलकित हो उठा| जिस आनंद को दुर्लभ समझ रखा था, वह इतना सुलभ, इतना क़रीब है, और हृदय का वह आह्लाद चेहरे पर आकर उसे ऐसी शोभा देने लगा| उसे विष्णु में देवत्व की आशा दिखी| उसने आर्द्र होकर कहा, 'विष्णु, आज पूर्णिमा है| शुभ दिन है, चलो चलकर अपने उस साँझ के दीपक को अपने पास, अपने घर ले आयें, जो दूर कहीं, अंजान जगह में ज्योतिमान है|'
विष्णु ने जब आभा की नजरों की ओर देखा, तो वहाँ उसे पछतावे की झलक दिखाई दे रही थी|
उसने गर्दन उठाकर कहा, 'मैं समझा नहीं, तुम किस दीपक की बात कर रही हो?'

आभा अपने उमड़ते हुए आंसुओं को रोककर कही, 'अर्जुन को|'
विष्णु सर झुकाए, आभा की बातों को सुनता रहा| आभा के मुँह से निकले एक-एक शब्द उसके भीतर की आँखों को खोल दे रहा था|

नींद हमारी, ख्वाब तुम्हारे

जैसे अब तक कभी खुली नहीं थी| वे भावनाएँ, जो अब तक उसके समक्ष, स्वप्न-चित्र की तरह थी, अब जीवन -सत्य बनकर स्पन्दित हो रही थी| विष्णु की आँखों में अर्जुन की मधुर बाल-स्मृतियाँ जीवित हो उठीं| अब वह अपने अर्जुन को अपनी गोद में बिठाकर फिर से पितृस्नेह का आनन्द उठायेगा| उसने आसमान की ओर देखकर, अपनी पूर्व पत्नी, मधु से कहा, 'मुझे आशीर्वाद दो| तुम्हारा यह हठी पति, आज अपने अर्जुन को, एक नया जनम देकर अपने घर लाने जा रहा है| यह कहकर, विष्णु ने आभा को अपने आलिंगन में भर कर काँपते हुए बोले, 'आभा, तुम्हारा आदेश स्वीकार है, आज ही अर्जुन को लाने चलेंगे, और दोनों एकात्म होकर आलिंगन में बंध गए|'दोनों की आँखों से आँसुओं की धार बहने लगीं|

अर्जुन अब नौ साल का हो चुका था| पूरे होस्टल में दौड़ लगाता था|सल्लू से उसे बहुत पटता था| दोनों आपस में खूब लड़ते-झगड़ते थे| पर कोई एक बीमार पड़ता, तो दूसरा खाना छोड़कर पास बैठा रहता| विष्णु के हृदय में भी अर्जुन आकर बैठ गया और पूछने लगा| पापा, मुझे यहाँ नहीं रहना, मैं तुम्हारे साथ अपने घर में रहना चाहता हूँ| विष्णु ने मुँह फेर लिये, उसकी आँखें सजल हो आईं, कुछ बोलने से होंठ काँप रहे थे| विष्णु ने अनुभव किया, अर्जुन के रोने में पूरी दुनिया का संगीत, आनन्द और माधुरी भरा हुआ है| विष्णु, प्रेम विह्वल हो गया| उसने बालक को उठाकर छाती से लगा लिया| पिता के हृदय की गर्मी पाकर उसका देह, हृदय और प्राण रोमांचित हो उठा| जैसे पानी की लहरों पर प्रकाश काँप रहा हो| अर्जुन की गहरी, निर्मल, अथाह, मोदभरी आँखों में मानो, उसके जीवन का सत्य मिल गया हो| एक तरह से इस प्रायश्चित्त ने विष्णु को सचमुच पवित्र कर दिया था| हवन कुंड के प्रचंड अग्निकुंड में उसकी मानवता निखर

आई| उसी समय आभा सजधज कर उसके पास खड़ी हो गई, बोली, 'चलो, तुम भी चलकर तैयार हो जाओ|'
विष्णु ने झेंपते हुए पूछा, 'कहाँ?'
आभा ने हसरत भरे स्वर में कहा, 'अर्जुन को लाने| आज रविवार है, वह घर पर होगा, लाने में आसान रहेगा| अन्य दिन होने से स्कुल से छुट्टी करानी पड़ेगी|'

विष्णु ने दीनभाव से कहा, 'चलो चलता हूँ, पर दिल कहता, मैं नहीं जाऊँ|'

आभा, अचंभित होकर बोली, 'क्यों ऐसा बोल रहे हो?'

विष्णु, अपने आँखों के आँसू को छुपाते हुए कहा, किस मुँह से उसके पास जाऊँ, और जाकर उससे कहूँ कि तुमको अब होस्टल में नहीं रहना है, बल्कि तुम अब घर से स्कुल पढ़ने जावोगे| हमलोग तुमको लेने आये हैं| जब वह पूछेगा, 'पापा, यह आपके साथ कौन आई है?' तब मैं उत्तर दूँगा कि मैंने दूसरी शादी कर ली है, ये तुम्हारी दूसरी माँ है| वह क्यों कर मानेगा, कि यह मेरी माँ है? उसे माँ की सूरत भलीभांति याद होगी, क्योंकि जब उसकी माँ का स्वर्गवास हुआ, तब वह आठ साल का था|

आभा ने विपक्षी न बनकर मध्यस्थ भाव से कही, 'तुम ठीक कह रहे हो, पर कुछ तो कहना होगा? समझायेंगे, मनायेंगे, उस पर भी नहीं माना तो उसके पापा से कहेंगे, 'कुछ दिनों तक आप मेरे घर अर्जुन के साथ रहिये| जब वह हमें अपना समझने लगे, तब आप चले जायेंगे|'

विष्णु कहकहा मारकर हँसा, कहा, 'वह अपनी बीबी को छोड़कर, अर्जुन के साथ रहने आने के लिए क्यों तैयार होगा? जो उसे बेटे से इतना ही प्यार होता, तो उसे बोर्डिंग में क्यों, अपने साथ रखकर उसका भविष्य बनाता? उसने ऐसा नहीं किया| निर्विघ्न भोग-विलास के लिए अपने बेटे को त्याग दिया| आज किस मुँह से फिर एक त्याग करेगा? थोड़ी देर के लिए, मान लो, उसके पिता राज़ी भी हो जाए, तो क्या उसकी नई पत्नी उसे ऐसा करने देगी? कदापि नहीं|'

विष्णु की बातें सुनकर आभा सुन्न पड़ गई| वह चुपचाप खड़ी दीवार की और ताकती रही, और विष्णु की निराश आत्मा, आभा के सांत्वना हेतु विकल हो रही थी| सच्ची स्नेह में डूबी संतावना हेतु, उस रोगी की तरह जो जीवन-सूत्र क्षीण हो जाने पर वैद्य के मुख की ओर आशा भरी आँखों से ताक रहा हो| सोच रहा था व आँखों-आँखों से कह रहा था, 'आभा, जिस पर तुमने सदैव जुल्म किया, आज उसके लिए अपने आँचल में मंगल आशीर्वाद लिए, उससे मिलने के लिए, इतना लालायित हो|'

मन ही मन कहा, 'मैं जानता हूँ, इसका उत्तर तुम्हारे पास यह है कि मैंने तो अर्जुन को कभी देखा तक नहीं, फिर उसके साथ कठोरता की बात कहाँ से आई? तुम ठीक कह रही हो आभा, पर जिसे देखा, उस दुधमुँही के साथ तुमने क्या किया? अर्जुन तो उससे बड़ा है, उस पर एक लड़का| क्या तुम उसे अपनी संतान मान लेती! इसके आगे और कुछ बोलते, आभा बोली, 'विष्णु! अर्जुन को लाने जाना है, और तुम यहाँ धुनि लगाए बैठे हो, मानो कोई ऋषि-महर्षि हो|

विष्णु, स्तंभित सा बैठा रहा| उसके सामने एक ऐसा रहस्य हो रहा था, जिसका मर्म वह खुद भी नहीं समझ पा रहे थे| जिन नेत्रों में एक क्षण पहले आभा के लिए विनय के आँसू भरे हुए थे, उसमें अकस्मात क्रोध की ज्वाला कहाँ से आ गई? जिन अधरों से एक क्षण पहले सुधावृष्टि हो रही थी, उनमें विष का प्रवाह होने लगा| उसी अर्द्धचेतना की अवस्था में बोला, 'तो चलो न| मैंने कब कहा, कि मैं जाना नहीं चाहता?'

आभा ने मुड़कर कहा, 'नहीं जाना था, तो फिर आज महीनों से मुझसे इंतजार क्यों करवाये? मैं नित इंतजार में बैठी रही, ऐसी आदत तो तुम्हारी पहले नहीं थी| रूठना कब से सीख गए? चलो, वरना यहीं रात हो जायेगी| कल के बाद तुम्हारी भी स्कुल खुल जायेगी और अर्जुन की भी|'

आभा की दशा उस पंखहीन पक्षी की तरह हो रही थी, जो सर्प को अपनी ओर आते देखकर उड़ना चाहता है, पर उड़ नहीं सकता| उछलता है, और गिर जाता है| पंख फड़फड़ाकर रह जाता है| उसका हृदय अंदर ही अंदर तड़प रहा था| पर अकेली अर्जुन तक नहीं पहुँच सकती थी|

विष्णु के साथ आभा जब, बोर्डिंग स्कुल में पहुँची, देखी, सभी बच्चे खेल-कूद रहे हैं| उसने विष्णु से कहा, 'इसमें से अर्जुन कौन है?'

विष्णु ने इधर-उधर नजर दौड़ाई, अर्जुन वहाँ नहीं था| दोनों अर्जुन के कमरे में जा पहुँचे, देखे, अर्जुन सामने मेज पर सर झुकाए बैठा हुआ था| मानो शोक और चिंता की सजीव मूर्ति हो| विष्णु ने पुकारना

चाहा, पर उसके कंठ से आवाज नहीं निकली| उसने आभा को इशारे से बताकर कहा, यही है अर्जुन| आभा चाही, दौड़कर उसे गले लगा लूँ चुमूँ प्यार करूँ| पर ऐसा करने से उसका हृदय काँप रहा था|

अर्जुन की अवस्था देखकर, विष्णु की आँखों से आँसू आ टपके| उन्हें लगा, मातृस्नेह की पूर्व स्मृतियाँ, उसे ऐसी दयनीय अवस्था तक ला खड़ा कर दिया है| एक मातृविहीन बालक के दुःख को विष्णु पहली बार करीब से अनुभव किया| सोचने लगा, माँ के सुख की गोद में लालन-पालन होने के कारण वह इस समय अपने को निराधार समझ रहा है| वे आगे बढ़े, और अर्जुन के पास जाकर खड़े हो गए| अर्जुन के सर के बाल को सहलाते हुए करुण स्वर में बोले, 'बेटा! सभी बच्चे बाहर मैदान में खेल-कूद कर रहे हैं, और आप यहाँ बैठे हैं क्यों? आपकी तबीयत तो ठीक है!

अर्जुन, अपने हृदय की चोट को भाव कौशल से छिपाने की व्यर्थ कोशिश करते हुए कहा, 'नहीं मैं बिल्कुल ठीक हूँ|'

विष्णु ने कातर स्वर में कहा, 'बेटा, हम तुम्हें अपने साथ घर ले जाने आये हैं|

अर्जुन, पिता की बात सुनकर, अचंभित हो पूछा, और नाना-नानी के घर|'

विष्णु समझ गए, अर्जुन क्या कहना चाह रहा है, बोले, 'नाना-नानी अब बूढ़े हो चुके हैं, वे आपकी देखभाल अच्छी तरह करने में सक्षम नहीं हो पा रहे थे| उन्हीं के कहने पर तो मैंने आपको यहाँ बोर्डिंग

हाउस में रहने का इंतजाम किया| इसलिये उठो बेटा, और किताब-कोपियों को समेत लो| हमलोग घर चलेंगे|

विष्णु अर्जुन की दशा देखकर, अपनी आँखों की उमड़ती हुई वेग को दबाकर मन ही मन कहा, 'यह हृष्ट-पुष्ट बालक, जिसे देखकर कभी चित्त प्रसन्न हो जाता था| आज सूखकर काँटा हो गया है| कुछ महीनों में वह इतना दुबला-पतला हो गया था कि पहली नजर में पहचानना ही मुश्किल था|

विष्णु ने अब तक आभा की ओर ध्यान नहीं दिया था| आभा का ध्यान आते ही विष्णु के रोयें खड़े हो गए| यह सोचकर उसे यह भ्रम तो नहीं हो गया कि अर्जुन का असली पिता कोई और नहीं, मैं ही हूँ| वह इसी चिंता में डूबा हुआ था कि तभी आभा आकर विष्णु के कानों में धीरे से कही, 'यह बालक देखने में बिल्कुल आपका फोटो कोपी लगता है| इसकी आँखें देखो, बड़ी-बड़ी, सिर के घुंघराले बाल, सब आपसे मिलता है| कौन कहेगा, यह आपका बेटा नहीं?'

विष्णु ने कहा, 'तुम ठीक कह रही हो आभा, पहली नजर में मुझे भी ऐसा ही लगा|| तभी तो मैं इसे गोद लेने की बात तय की|' विष्णु ने कृतज्ञता से आभा की ओर देखा, और करुण कंठ से बोले, "ईश्वर, ऐसे बालकों को जन्म ही क्यों देते हो, जिनके भाग्य में मातृवियोग का दुःख भोगना लिखा हो|'

अर्जुन अपने, किताब-कॉपियों के साथ जब बोर्डिंग हाउस से, बहन सल्लू के साथ अपने घर के लिए निकला, तो देखा, पिता के साथ एक महिला भी चल रही है| उसने सशंक नेत्रों से उसे देखा, पिता से पूछा,

'पिताजी! ये अंटी कौन है? क्या ये भी हमारे साथ रहने, हमारे घर जा रही हैं।'

विष्णु ने आभा की ओर ताकते हुए कहा, 'हाँ, ये आपके साथ आपके घर में रहेंगी, आप दोनों भाई-बहनों के लिए देखभाल करेंगी। खाना बनायेंगी, आपको खाना खिलाकर, ठीक समय पर स्कूल भेजेंगी। मुझे तो सप्ताह में सिर्फ दो दिन घर पर रहने का मौका मिलता है। इस बीच आपकी देखभाल अन्टी करेगी। आभा सहास्य मूर्ति बन साथ चलती रही। अर्जुन और विष्णु के इस सुन्दर वार्तालाप को सुनकर, उसकी आँखें तृप्त हो गईं। आज बहुत दिनों बाद विष्णु का कमल-मुख उसे खिला दिखाई दे रहा था।उसने मन ही मन कहा, 'विष्णु आज से मैं और तुम, अर्थात हम दोनों पति-पत्नी बनकर नहीं बल्कि एक सच्चे मित्र बनकर रहेंगे। तुम मुझपर जितना विश्वास करते हो, मैं भी तुम पर उतना ही भरोसा करती हूँ। तुममें मैंने अपना पथ-प्रदर्शक ही नहीं, अपना रक्षक भी पाया है। अब तो ईश्वर से मेरी यही प्रार्थना है कि जीवनपर्यंत मुझे इसी राह पर दृढ़ रखना। हमारी पूर्णता हेतु हमारी आत्मा के विकास के लिए और क्या चाहिए?'

विष्णु आभा की एक-एक बात, सर झुकाए सुनते, ऐसे चले जा रहे थे मानो एक-एक शब्द, आभा जो अपने दिल से बोल रही है, उसे भलीभांति सुन पा रहा है। वह भावनाएँ जो अब तक उसके समक्ष चित्रों की भांति आती और चली जाती थी, आज जीवन सत्य बनकर स्पंदित हो रही थी। विष्णु का रोम-रोम उदय और उत्कर्ष का अनुभव कर रहा था। विष्णु ने आभा की बातों का जवाब देते हुए कहा, 'इस प्रायश्चित्त ने तुमको आज गंगाजल की तरह पवित्र और निर्दोष बना दिया। हवन के अग्निकुंड के प्रकाश में तुम एक सच्ची माँ और पत्नी

के रूप में निखर गई| मैंने तुम्हारे त्याग और करुणा को भलीभांति परख लिया| यह बोलकर प्रेम विह्वल हो गये और आभा को गले से लगा लिया| पति के गले लगते ही आभा का देह, हृदय और प्राण रोमांचित हो उठा| जैसे पानी की लहरों पर प्रकाश की रेकायें काँप रही हो| मानो आभा की गहरी, निर्मल, अथाह प्रेमभरी आँखों में, उसे जीने का रास्ता दीख गया|

दोनों अर्जुन के साथ, घर की ओर चले चले जा रहे थे| आभा, विष्णु और अर्जुन के पीछे-पीछे चल रही थी| विष्णु घर का दरवाजा खोलते हुए कहा, 'आभा! आज से हमारा घर, घर नहीं, मन्दिर है| कुआँ पर से एक लोटा पानी लाकर, पहले घर के चौकठ को धोकर प्रणाम करो, फिर घर के भीतर प्रवेश करना| आभा पानी लेने जाती, तभी अर्जुन दौड़ पड़ा, और पानी लाकर, पिता के हाथ में थमा दिया| विष्णु पानी का लोटा पकडाते हुए कहा, 'संसार की ऊँच-नीच देख लेने के बाद निष्कपट लोगों में जो उदारता आ जाती है, वह उदारता अब

आभा के दिल में आ गई है| विष्णु को कोई भी अर्जुन संबंधित काम करते देखती, तो उसे हटाकर वह खुद करती, कहती, 'विष्णु, अर्जुन की देखरेख की चिंता तुम छोड़ दो| उसे मैं संभालूँगी, वह मेरा भी बेटा है| एक माँ को उसके हक़ से दूर मत मत करो|'

धीरे-धीरे आभा ने अपने स्नेह और ममता से दोनों बच्चों का दिल मोह लिया| समय पर खाना देना, उसके कपड़े धोना, स्कूल भेजना, आदि-आदि सभी काम आभा अपने जिम्मे ले ली| बच्चे भी आभा के करीब आते चला गये| तीनों एक दूसरे को प्यार करने लगे| यह सब देखकर विष्णु ने खुद को भी सम्पूर्णतया आभा के हाथों में सौंप दिया| उसके किसी काम में दखल नहीं देते| न जाने क्यों आभा से कुछ दबे-दबे सा रहते| आभा को भी अब अगर कुछ अच्छा लगता था, तो वह था अर्जुन से बातें करना, उसे अच्छी-अच्छी कहानियाँ सुनाना| उसके मनपसंद का खाना खिलाना, स्कूल भेजना, आदि-आदि|

एक दिन विष्णु बैठे भोजन कर रहे थे कि अर्जुन भी नहाकर खाने आ गया| अर्जुन जब से नाना-नानी के साथ रहने लगा था, उसे नंगे वदन नहीं देखा था| आज उस पर निगाह पड़ी, तो विष्णु के होश उड़ गए| देखकर लगा, यह अर्जुन नहीं, हड्डियों का ढाँचा खाना खा रहा है, मुख पर वही भोलापन था| देह घुलकर काँटा हो गया था| अर्जुन के सर पर बाल से खेलते हुए पूछा, 'आजकल तुम्हारी तबीयत ठीक नहीं रहती है क्या, तुम इतने दुर्बल तो कभी नहीं थे?'

आभा, आँगन में खड़ी तुलसी को जल चढ़ा रही थी, बोली, 'तुमने इसे देखा ही कब था, जो बोल गए, इतने दुबले तो तुम कभी नहीं थे| हो सकता है, इसकी कद-काठी बचपन से ही एकहरा रहा हो|'

नींद हमारी, ख्वाब तुम्हारे    89

विष्णु अफ़सोस व्यक्त कर कहा, 'आधी देह नहीं रही, तुम कहती हो मोटा कब था?'

आभा, जो बालक बचपन में ही, माँ के प्यार से वंचित होकर जीया है|

एक अनाथ की तरह, उसके दुःख का अंदाजा तुम नहीं लगा सकते| इतने में अर्जुन खाकर हाथ धोने जाने लगा, विष्णु पूछे, 'क्या तुम खा चुका, अभी बैठे तुमको मिनट भी नहीं बीता, एक रोटी, अब तुम बड़े हो रहे हो, तुमको कम से कम दो-तीन रोटियाँ तो खानी ही चाहिए| फिर दुःखी, चिंतित होकर बोले, 'तभी तुम इतने दुबले हो| नाना-नानी का लाड-प्यार, फिर आभा कि और देखकर बोले, 'इसे बिगाड़ दिया है|' आभा, तुनककर बोली, 'अर्जुन अब बड़ा हो चुका है| इतने बड़े लड़के को क्या जरूरत कि जब कोई खिलाये, तो खाये, वरना भूखा खेलता रहे| इसे खुद अपनी, फ़िक्र करनी चाहिये, नहीं कुछ तो अन्य बच्चों की ही देखा-देखी करते, तो खुराक खुद -बखुद बढ़ जाएगा| आभा की बातों में दम है| वह ठीक कह रही है| अर्जुन अब बड़ा हो चुका है| इस आठ-नौ वर्ष की उम्र में तो, मैं अपनी माँ को रोटियाँ बनाकर देता था|यह बनी रोटियाँ खा नहीं सकता|

एक दिन आभा, आँगन में बैठी गमले में लगे पौधे से खेल रही थी| संध्या का समय था| रंग-विरंगे पक्षी, वृक्षों पर बैठे कलरव कर रहे थे| इतने में विष्णु प्रवेश किये| आभा उठकर खड़ी हो गई, और अपनी आँखों में आँसू भरकर बोली, 'विष्णु, अर्जुन की अपराधी हूँ मैं| जो मैंने बलपूर्वक, उसे बोर्डिंग से यहाँ, नाना-नानी के घर से इतनी दूर

ले आई|पर यदि मैं तुमसे कहूँ, कि मैं विवश होकर ऐसा की, तब तुम हँसोगे| कहोगे यह निराले, अनूठे ढंग की विवशता है| पर वास्तव में यही बात है| उसके बारे में जब तुम्हारे मुँह से सुनी, कि उसे माँ नहीं है, पिता ने अपनी दूसरी शादी कर ली है| मैंने सोचा, चलो मैं संतान विहीन नहीं कहलाऊँगी| लोग मुझे कुलक्षणी, कुलनाशिनी नहीं कहेंगे| मैं अपने स्वार्थ के सामने अर्जुन के मनोगत भावों को समझ न सकी| पर विष्णु, मुझे खुद पर पूरा विश्वास है कि मैं अपने विनीत भाव, अच्छे व्यवहार, प्यार और सेवा से अर्जुन के मन को जीत लूँगी| अर्जुन का मैंने गहराई से अध्ययन किया है| वह प्रेम का अगाध सागर है| उसके थोड़े से अपनत्व, मेरे इस भवसागर को पार करने के लिए काफी है| मेरे भाग्य के काली लकीर को वही मिटा सकता है, मुझेअपनाकर| मुझे इसमें सफलता मिलेगी कि नहीं, सब तुम्हारे हाथ है| वह तुमसे बहुत प्यार करता है| तुमको बाबूजी कहकर संबोधन करता है, पर मुझे माँ स्वरुप उसने नहीं अपनाया है|रंग-रूप, आँखें, बोलने की शैली, सब कुछ उसका तुमसे मिलता है| लगता है, वह तुम्हारा ही बेटा है| काश कि ऐसा होता|

इतना ही नहीं, जब मैं गौर से उसे देखती हूँ, तो उसमें तुम्हारा सारा गुण मिलता है| वही बोलने की शैली, वही हँसना, यहाँ तक कि दायाँ को वायां और वायां को दाहिना बताना|

आभा का निष्कपट प्रेम का यह परिचय पाकर विष्णु, प्रेमोन्माद से भर उठा| आभा के मुँह से निकलकर इन शब्दों की सम्मोहक शक्ति इतनी बढ़ गई कि आभा पर वे फिदा हो गए| बोले, 'आभा, तो तुम मुझे इतना प्यार करती हो कि अपने भविष्य के दीये में भी मेरा ही प्रकाश ढूंढती हो|'

नींद हमारी, ख्वाब तुम्हारे

आभा, उसी प्रेमोन्माद में बोली, 'जिस खाने में दूसरों को बालू ही मिलता है, उसमें जिसे सोने के ढेला मिल जाए, क्या वह भाग्यशाली नहीं है। अर्जुन के बिना हमारा जीवन, कितना व्यर्थ और कितना कठिन हो गया था। हर क्षण एक कमी सी महसूस होती रहती थी। लगता था, हमारा जीवन एक लम्बी तपस्या, एक स्थायी साधना बनकर रह जाएगा। भगवान पर आस्था कम होने लगी थी।

विष्णु ने आहत नेत्रों से आभा की ओर देखा, कहा, 'आभा, तुम्हारा मानना है कि अर्जुन का नाक-नक्श, चाल-चलन, रंग-रूप सब मेरे जैसा है। तो फिर शंका क्यों? है ही नहीं, कहो यह तुम्हारा बेटा है। ऐसी सोच हमलोगों को जीने का मजा देता रहेगा। मुझे लगेगा, मेरा बेटा है। तुम सोचोगी ( मेरे पति का अंश है अर्जुन) तो मेरा ही बेटा है। आगे और कुछ कहो, कहते-कहते रुक क्यों गई, यह भी कह दो कि इस जनम का न सही, पिछले जनम का ही सही, अर्जुन से हम दोनों का का कोई मजबूत रिश्ता निश्चय रहा है। वरना वह मेरे घर आता ही क्यों? '

इसी चिंता में आभा पूरे दिन उद्वेग के जंगल में भटकती रही कि कहीं अर्जुन, विष्णु का ही पुत्र तो नहीं। यह सोचकर उसके सामने कभी निराशा की अंधकारमय घाटियाँ आ जातीं, तो कभी, यह सोचकर कि ऐसा नहीं हो सकता। शादी से पहले, विष्णु के पिताजी से उनके मामाजी ने एक बच्ची सल्लू के होने की बात कही थी। अर्जुन की तो कोई बात नहीं हुई थी। ऐसे भी, अगर विष्णु के दो बच्चे थे, तो इसमें छिपाने का क्या था? जब कि सल्लू घर पर रहती थी, तो अर्जुन

भी यहीं रहता| उसे बूढ़े नाना-नानी के पास रहने देने की क्या आवश्यकता थी? आशा की लहराती हुई हरियाली सामने आ जाती|

फिर मन ही मन कहती नहीं, विष्णु मुझसे धोखा नहीं करेंगे| विष्णु से अर्जुन के शक्ल-सूरत का मेल होना, महज एक संयोग है| ऐसे भी अब मुझे डूबने का दुःख नहीं है| बल्कि तिनके का सहारा ही सही, बाहर निकल आने की ख़ुशी है| आभा दिन भर इसी उधेड़-बुन में पड़ी रही, कभी लहलहाते पौधे तो कभी, सुख रहे पत्तियों को देखती रही| नहाने का समय टल गया, भोजन का समय टल गया| किसी बात की परवाह नहीं थी| सभी दुर्बल मनुष्यों की भांति, आभा अपने पतन से शर्मसार थी| उसे अपनी हालत पर दुःख होता, क्यों मेरी विलास वृतिमात्र इतनी प्रबल थी| वह इतना विवेकशून्य क्यों थी कि आपनी अधोगति में भी प्रसन्न थी| कभी अपने भविष्य की बात नहीं सोची, वरना यह दिन आता ही क्यों?

मैं भी और माओं की तरह माँ बनने की बात सोची होती, तो अभी अपना सन्तान होता| उसके नसों में मेरा और विष्णु का खून बहता|

निराशा और दुःख से विकल होकर, उसने अपने को निष्ठुर और न जाने क्या -क्या सोचने लगी? उसी समय विष्णु, आभा के पास आकर प्रकट हुए| आभा, पति को देखते ही चटपट अपनी आँखों के आँसू पोंछ डाली और सर झुकाए खड़ी हो गई| विष्णु उसके आँखों में आँसू देखकर, घबड़ाकर बोले, 'क्या बात है? इधर बैठकर तुम रो रही हो, तबीयत तो ठीक है|' आभा ने मुश्किल से उमड़ते हुए आंसुओं को रोककर कहा, 'नहीं तो, मैं भला क्यों रोऊँ? अब मेरे पास किस चीज की कमी है? एक पुत्र का अभाव था, वह तो पूरी हो

नींद हमारी, ख्वाब तुम्हारे    93

गई|अर्जुन के जैसा संतान भगवान हर माँ-बाप को दे| उसके चरित्र में अभी तक बाल-भाव ही प्रधान है| उसमें वही उत्सुकता, वही चंचलता, वही विनोद प्रियता बरकरार है|'

विष्णु ने विस्मित होकर पूछा, 'वह कैसे? वह अब आठ साल का बालक है, शिशु तो रहा नहीं|'

आभा, आनंदित होकर बोली, 'जानते हो, जब उसे बच्चों के साथ खेलते देखती हूँ, तब उसके मुख पर साफ़ प्रस्फुटित होता है|'

विष्णु, कुछ देर चुप रहे, फिर बोले, 'पर मुझे तो लगता है, अर्जुन अपने बचपना को छोड़ चुका है| उसमें एक बदलाव आ रहा है| अब से पहले वह निराशा के संताप में, पढ़ना -लिखना छोड़कर, मन मारे चुपचाप घर के किसी कोने में बैठा मिलता था| मातृस्मृति की पीड़ा ने उसे संज्ञाहीन बना रखा था| लगता है, तुम्हारा लाड़ पाकर, अब उस वेदना का वेग शांत होने लगा है| उसे ज्ञात हुआ कि और बच्चों की तरह मेरे पास भी माँ है| फिर अफ़सोस कर बोले, 'बचपन में अर्जुन काफी गोरा और सुन्दर था| देख-रेख के अभाव में, उसके मुख की कांति मलिन हो गई| यह कहते विष्णु के आँखों में आँसू तैर गए| जिसे आभा से चाहकर भी वे छिपा न सके| इसके पहले कि आभा कुछ पूछती, अर्जुन वहाँ आ पहुँचा| अर्जुन को देखते ही आभा बोली, 'बेटा अर्जुन भूख लगी है, मैं अभी खाना देती हूँ|'

आभा ने आत्मीयता जताती हुई कही, 'अर्जुन बिल्कुल तुम पर गया है| वही सांवला रंग, वही पतले-पतले गुलाब पत्ते से ओठ, वही चौड़ा माथा, वही बड़ी-बड़ी आँखें, आँखों में सागर सी गहराई| सब कुछ

नींद हमारी, ख्वाब तुम्हारे    94

तुमसे मिलता है।' आभा ने दोनों हाथों से पकड़कर अर्जुन का मुख चूम ली, दौड़कर अपने कमरे में गई, और एक बड़ी सी रेलगाड़ी, पटरी के साथ लाकर अर्जुन के आगे रख दी, | बोली, 'देखो, अर्जुन, मैं तुम्हारे लिए क्या लाई हूँ?' रेलगाड़ी देखकर अर्जुन की ख़ुशी का ठिकाना नहीं रहा। वह दौड़कर उसे अपने हाथों में उठा लिया। वह ख़ुशी से फूला नहीं समा रहा था। विष्णु दम्पत्ति विज्ञान में कुशल थे। अर्जुन को खुश रखने के लिए, आभा में जो स्वाभाविक कमी थी, उसे उपहारों से वह पूरा करना चाहती थी। यद्यपि वह बहुत ही कम खर्चीली थी, पर अर्जुन के लिए कोई न कोई तोफा, विष्णु से बोलकर आये दिन मंगवाया करती थी। यहाँ पर अपने धन की परवाह नहीं करती थी। अर्जुन के लिए मेवे, मुरब्बे, मिठाइयाँ, किसी चीज की कमी नहीं थी। अपनी जिन्दगी में कभी सरकश, तमाशे नहीं देखी थी। पर छुट्टियों में अर्जुन को अब दिखाने ले जाती थी, और जल्दी-जल्दी घर का काम निबटाकर, अर्जुन का स्कूल से लौटने का इंतजार करती थी। उसके साथ नाना प्रकार के खेलें खेलती थी। ऐसा कर उसे लगता था कि अर्जुन पूरी तरह मेरा हो जायगा। मेरा कहा मानेगा, मुझे दुःखी देखकर, दुःखी हो जाएगा, और सुखी देखकर ख़ुशी। तब उसे अपने भविष्य की चिंता करने की आवश्यकता नहीं होगी। यहाँ मेरे साथ खेलते, खाते-सोते, उसे अपना जीवनमार्ग पता चल जाएगा। अभी इस समय वह उस मनुष्य के सदृश्य है, जो अपने घर आग लग जाने से इसलिये खुश हो कि थोड़ी देर के लिए सही मैं अँधेरा मुक्त हो गया हूँ।

आज की यह आत्मवेदना, आभा के हृदय पर वही काम किया जो साबुन का मैल के साथ होता है। उसके दिल पर जमे हुए मालिन्य को धोकर, मैलहीन बना दिया। उसका वह संचित भाव साफ़-साफ़

दीखने लगा, जिसे वह गुप्त रखना चाहती थी| बोली, 'हे परमात्मा! ऐसा कर तुमने मेरे पाप-जीवन की मर्यादा रख ली| इसके बाद उसकी मानसिक अवस्था में एक ऐसा परिवर्त्तन आया कि अर्जुन किसका सन्तान है, यह सोचना वह छोड़ दी| उसने तय किया, आज से अर्जुन मेरा सन्तान है, मैंने उसे जन्म दिया है| तभी अर्जुन नख से सर तक विष्णु से मेल खाता है|

इस भांति मन में सोच-विचार करती हुई, विष्णु के पास कमरे में गई| जाते हुए एक-एक कदम मुश्किल से उठता था, यह सोचकर कि जाकर विष्णु से क्या पूछूँगी? किस आधार पर कहूँगी कि यह तुम्हारा ही पुत्र है? देखो, तुमसे उसका नख से सर तक मेल खाता है|

अर्जुन को लाने विष्णु के साथ बोर्डिंग हाउस तो मैं भी गई थी| मेरी जगह विष्णु होते, तो मुझे कैसा लगता? उन्हें जरूर संदेह होगा कि आभा की नीयत बुरी है| कहीं दुक्कार दिया, पूछेंगे कि तुम्हारे पास इस बात की क्या सत्यता है, जो तुम मुझ पर इतना शक की? मेरा बेटा होता, तो मेरे साथ, मेरे घर में रहता, न कि नाना-नानी के पास| सल्लू चार साल की थी, तब तो वह मेरे साथ थी| यह तो बड़ा है| अपना हर काम खुद कर लेता है| इसे मैं वनवास क्यों दूँगा?

परन्तु इन निराश शंकाओं के होने पर भी वह धीरे-धीरे आगे बढती चली जा रही थी, जैसे कोई अनाथ विधवा थाने फ़रियाद करने जा रही हो!

विष्णु अपने स्वभाव के अनुसार अर्जुन और सल्लू की चिंता में बैठे, दीवार को निहार रहे थे| सोच रहे थे, दोनों का भविष्य क्या है? पहाड़

सी इस समस्या का निपटारा कहाँ और किस तरह होगा? विष्णु का दिल कचोट रहा था| इस उमर में, दुनिया के बाकी बच्चे अपने पिता के साथ सोते होंगे| एक मैं हूँ, खुलकर उसे अपना बेटा भी नहीं कह सकता| आभा है कि यह नहीं समझती, दुनिया में किसी तरह मान-मर्यादा का निर्वाह करती हुई जिन्दगी काट लेना ही मेरा धर्म है| अगर भाग्य में, पुत्र-सुख लिखा होता, तो औलाधीन नहीं रहती|

आभा क्षोभ और ग्लानि की दशा में विष्णु के पास आकर बेधड़क बोली, 'मुझे तुम्हारी सहायता की जरुरत है|'

विष्णु जिन्हें स्वयं अनीति सर ग्लानि हो रही थी, वह स्वभावत: दयालु व्यक्ति है| लेकिन परिस्थितियों ने उन्हें शख्त बना रखा है| दुखित स्वर में बोले, 'हाँ बोलो, मैं तुम्हारी क्या सहायता करूँ?'

आभा बोली, 'पहले तुम यह वादा करो कि तुम जो भी बोलोगे, सच-सच बोलोगे|'

विष्णु, 'सत्य की उपेक्षा करना, मेरे सिद्धांत के विरुद्ध है|'

आभा अंतर्वेदना से विकल होकर पूछी, 'विष्णु! क्या अर्जुन तुम्हारी सन्तान है?'

आभा के मुख से निकले इन शब्दों को सुनकर, विष्णु दंग रह गए| फिर उसने विस्मय से आभा की ओर नजर डालकर पूछा, 'क्या तुमको लगता है कि अर्जुन मेरा पुत्र है, और उसका पिता मैं हूँ? जो

तुम इतना मान लो, तो मुझे बड़ी ख़ुशी होगी, क्योंकि तुम भी तो यही चाहती थी कि तुम्हारा जो सन्तान हो, उसका पिता मैं रहूँ?'

आभा के सामने अब एक जटिल समस्या उत्पन्न हो गई|अभी तक उसने इस विषय पर मौन धारण कर रखी थी| वह यह निश्चय नहीं कर पा रही थी कि अब क्या पूछूँ? आगे और कुछ पूछना आत्मा का पददलित करना था| आत्मस्वातंत्र्य का बलिदान करना था| पर मौन रहना भी अपमान जनक था| अंत में वह रुंधे कंठ से बोली, 'यह दिल और दिमाग से पूछो, मैं नहीं जानती|'

आभा की बात सुनकर विष्णु, ज़रा सा झिझका ; अविचल, स्थिर और शांत भाव से बोला, 'तुम्हारी कल्पना शक्ति वास्तव में आश्चर्यजनक है| इतने सालों तक तुम्हारे साथ रहने पर भी, मुझे यह विदित नहीं हुआ, कि तुममें बात करने की इतनी बड़ी हुनर है|'

आभा ने और कोई प्रश्न नहीं किया| उसे अपने पराभव का दुःख नहीं था| दुःख था तो अपनी आत्मा के पतन का| वह यह सोच नहीं पा रही थी कि अपने मुँह से निकली बात को स्वीकार करूँ, कि अस्वीकार| वह भी उस मनुष्य के साथ, जो मानवी दुर्बलता की पराकाष्ठा है| जिसका अन्दर और बाहर एक है, जिसके विचार और व्यवहार में भेद नहीं है, जिसकी वाणी आंतरिक भावों का दर्पण है, वह सरल आत्माभिमानी, सत्यभक्त है| वह धूर्त और धोखेबाज नहीं हो सकता| चाहे उसके सामने कितनी भी विकट स्थिति क्यों न आये? वह खुद को दासता के साँचे में ढलकर मनुष्यत्व को नहीं खो सकता| मैं जिस प्रेमलता को मुद्दतों से पालती आ रही हूँ, अपनी आँसुओं से सींच-सींच कर पल्लवित की हूँ| उसका मुरझाना मैं कभी बर्दास्त नहीं

करुँगी| जिसे अपने हृदय मन्दिर में पुजती हूँ, जिसकी लम्बी आयु के लिए उपवास रखती हूँ, जिसके ध्यान में मग्न हो जाना, जीवन का सबसे प्यारा काम है| उस पर शक, उस पर धोखा देने का दोषारोपण, नहीं कदापि नहीं| पर कितनी विकट समस्या है, कि यह चिंता मुझे दुःखी भी नहीं होने देती, और ख़ुशी भी नहीं मनाने देती|

मुझे उनको खुश रखने के लिए खुद को खुश रखना पडेगा| दिखाना पडेगा कि मैं अर्जुन को अपना ही सन्तान मानती हूँ| परमात्मा मुझे बल दो, कि मैं इस परीक्षा में सफल होऊँ| साथ ही यह भी प्रकट करना चाहती थी, कि अपनी सन्तान न होने से मैं, कितनी दुःखी हूँ| आभा के बोलचाल, ठट्ठा -मजाक में उसकी यह वेदनामय, नैराश्य साफ़ झलकती थी| उसकी मुस्कान में आँसुओं की झलक रहती थी| वह अर्जुन के लिए नित्य नये-नये पकवान, बनाती थी जो अर्जुन को बेहद पसंद है, और गोद में बिठाकर अपने हाथों खिलाती थी|

पर दिल के कोने में एक टीस थी, इस बात की, कि काश! अर्जुन, विष्णु का ही सन्तान होता| मैं उसे भले ही अपने उदर से जन्म न दी होती, पर विष्णु का अंश तो होता| ज्यों पति का घर-बार मेरा है, उसका अंश भी मेरा कहलाता| लोग जब कहते, विष्णु-पुत्र अर्जुन, तब मेरा नाम खुद-बखुद उसके साथ जुड़ जाता, उसकी माँ के रूप में| पर यह कभी संभव नहीं होगा| जानने वाले अर्जुन को पोषपुत्र ही कहेंगे| इस चिंता में उसके हृदय की दशा, उस दशा में पहुँच गया, जब ज़रा भी सहानुभूति, ज़रा सी सहृदयता सैकड़ों धमनियों से कहीं कारगर रहती|

वह रूठी हुई बालिका की भाँति विष्णु के पास जाकर बैठ गई| जब विष्णु की नजर उस पर पड़ी, तो देखा, आभा की आँखें भरी हुई हैं| विष्णु ने अचंभित होकर पूछा, 'आभा! तुम्हारी आँखों में यह आँसू कैसा? क्या अर्जुन ने फिर तुम्हारा कोई कहना मानने से इनकार कर दिया?'

आभा, व्यथित होकर बोली, 'नहीं कृपया, तुम अर्जुन को लेकर कोई उल-जुलुल बातें मत किया करो| सच तो यह है कि उसका भोलापन, मुझे हर पल रुलाते रहता है| मैं जो कहती हूँ, उसी में हाँ कहता है| लगता है, उसे ना कहना शायद नाना-नानी ने सिखाया ही नहीं| आज की दुनिया में इतना सीधापन ठीक नहीं| लोग ऐसे लोगों को खा-मखा परेशान करते हैं| सोचती हूँ, जब हम दोनों नहीं होंगे, तब हमारा अर्जुन इस सीधेपन के साथ कैसे जीयेगा? लोग उसे जीने नहीं देंगे|'

विष्णु, आभा की मनोव्यथा का अनुभव करते हुए बोले, 'मैं तुम्हारी चिंता को समझता हूँ, आभा| पर उसकी भविष्य रक्षा की सोचकर, हम उसे कठोरता और उद्दंडता का पाठ नहीं पढ़ा सकते| अब जैसा है, है, हमलोगों के साथ रहते-रहते सब सीख जाएगा| दरअसल एक अनाथ बच्चा, जिसका बचपन डर के माहौल में बीता हो, वह उद्दंडता की बात सोच भी कैसे सकता है? वह तो भूखा रहकर भी, कभी खुलकर नहीं रोया| जीवन के ऐसे सुख से वंचित है वह| जानती हो, खुलकर रो लेने के बाद, एक नवीन स्फूर्ति, एक नवीन जीवन, एक नवीन उत्साह का अनुभव होता है| अर्जुन सिसक-सिसककर ही अब तक जीवन जी रहा है| जो इतना दुःख भोग रहा हो, वह भला दूसरों को दुःख कैसे दे सकता है? वह आनंद की उस गहराई तक कभी पहुँचा कहाँ, जहाँ पानी है या उस ऊँचाई तक जहाँ उष्णता हिम बन

जाती है| वह तो नियति के कठोर दुराशा का खिलौना मात्र बन जी रहा है|

विष्णु का यह अंतिम वाक्य, आभा को वाण समान लगा| वह हक्की-वक्की होकर विष्णु का मुँह ताकने लगी, और कराहकर कही, 'भाग्य की बात है विष्णु, और क्या कहूँ?'

विष्णु ने एक क्षण तक इन्हीं विचारों में डूबे रहने के बाद पूछा, 'आभा! तुम अर्जुन को पाकर खुश तो हो? सुनकर आभा की आँखें भर आईं| उमड़ते हुए आँसुओं को रोककर बोली, 'अर्जुन मेरी ये दो आँखें हैं, जिनमें तीनों काल एक चमकता हुआ चाँद सा दीखता है| पर काश, विष्णु एक क्षण तक चकित नेत्रों से आभा की ओर ताकते रहे, बोले, 'मैं समझा नहीं, अर्जुन को पाकर भी तुमको किस बात का अफ़सोस रह गया|

आभा ने कातर नेत्रों से विष्णु की ओर देखकर कहा, 'विष्णु, दरिद्र को सिंघासन पर भी बैठा दो, तब भी उसे अपने राजा होने का विश्वास नहीं आयेगा| वह उसे सपना ही समझेगा| मेरे लिए भी यही सपना, जीवन का आधार है| मैं कभी जागना नहीं चाहती, नित्य यही सपना देखना चाहती हूँ, कि अर्जुन, अंतिम सांस तक मेरी गोद से नहीं उतरे| क्या इस बात की तुम गारंटी दे सकते हो?'

विष्णु प्रसन्न होकर, उसका समर्थन करते हुए कहा, 'हाँ, मैं गारंटी देता हूँ| अर्जुन तुम्हारा बेटा है, सिर्फ तुम्हारा है, उसे तुमसे कोई नहीं अलग कर सकेगा|'

नींद हमारी, ख़्वाब तुम्हारे

विष्णु की बात सुनकर, आभा के जीवन में एक नया उत्साह चमक उठा, विष्णु को ऐसा जान पड़ा कि अपनी जीवन यात्रा में, आभा एक उड़ने वाले घोड़े पर सवार हो गई है| पुराना घोड़ा होता, तो घोड़े को एड़ी और चाबुक लगाने की जरुरत पड़ती| नया घोड़ा, कनौतियाँ कड़ी करते सपाट भागता चला जाता है| जैसा कि अर्जुन करता है, आभा की हर बात को, ईश्वर का आदेश मानकर उसे करने प्रस्तुत रहता है| पर अर्जुन अगर आरम्भ से सौतेला बेटा बनकर, आभा को मिलता, तब शायद दोनों में इतना गहरा आत्मसंबंध नहीं जुड़ता|

आभा के हृदय में गर्व है, उल्लास है, फिर वेदना किस बात की है, यह बात विष्णु को समझ नहीं आई| उसने आभा को अपने गले से लगाकर सजल शब्दों में पूछा, 'तुमने कुछ देर पहले 'काश' बोलकर रूक क्यों गई? तुम्हें जिस बात का पछतावा है, वो बात मैं जान सकता हूँ?

विष्णु की सुनकर, आभा का सारा देह काँप उठा| आँसुओं के वेग को बलपूर्वक रोकने की चेष्टा कर बोली, 'तुम जानकर भी कुछ नहीं कर सकते| इसलिये छोडो इन सब बातों को|'

विष्णु आशंकित होकर बोले, 'फिर भी मैं जानना चाहता हूँ|'

आभा ने विष्णु की आशंकाओं को दूसरी ओर बहकते देख बोली, 'अर्जुन में वो सब अच्छे गुण हैं, जो तुममें हैं| यहाँ तक कि किसी बात का विरोध भी उसे करना रहता है, तब तुम्हारी तरह वह इतना प्यार से बोलता है, कि जी चाहता है, उसे अपने सीने में छुपाकर रख लूँ

जिससे कि वह मुझपर प्रेम भरा शासन, हर वक्त करता रहे| मेरी चेतना का एक-एक रोम, जैसे इस अधिकार गर्व से, खिल उठता है|

मेरे कहने का तात्पर्य है कि, काश अर्जुन तुम्हारा ही अंश होता, तुम उसके पिता होते, वह तुम्हारा पुत्र होता| तब मैं सचमुच की उसकी माँ कहलाती| सोचती, अर्जुन मेरे ही पति का अंश है, भले ही, मैंने उसे अपने उदर में नहीं पाला है, पर है तो मेरे ही पति का अंश| उसकी रगों में मेरे पति का खून दौड़ रहा है, किसी और का नहीं|

आभा की बातें सुनकर, विष्णु की आँखें सगर्व हो गईं, बोले, 'सचमुच मैं भी देख रहा हूँ, अर्जुन के हृदय में, हम दोनों के लिए जितना स्नेह है, उतना उसके लिए हम दोनों का मिलाकर भी नहीं होगा| अर्जुन का स्नेह, हम दोनों की काया पलट कर रख दिया| इस पर आभा कुछ बोलती, विष्णु बोल पड़े, 'अगर मैं कहूँ कि तुम जो सोच रही

हो, वह सब सच है, तब क्या इन सब चिंताओं से मुक्त होकर जी सकोगी?'

आभा ने विस्मय भरी आँखों से, विष्णु को देखा, बोला, 'क्या अर्जुन तुम्हारा पुत्र है, काश कि ऐसा होता| फिर परास्त होकर कही, 'विष्णु! मुझे खुली आँखें सपने क्यों दिखाते हो, जब कि तुम भलीभांति जानते हो, कि यह सब झूठ है| तुम मेरे सिर पर, अपने भरोसे का इतना बड़ा बोझ रखते हो, कि मैं शायद हिल भी न सकूँ| तुम्हारा स्नेह, आपका प्यार और आपकी शालीनता का फल है कि मुझे अब, संतान न होने का गम नहीं है| मुझे नहीं लगता कि, अर्जुन से बेहतर मेरा अपना सन्तान होता| तुम्हारी संवेदना, ने मुझे सिखा दिया कि कभी-कभी अपनों से बढ़कर पराये भी देवता का आशीर्वाद बनकर इंसान की जिन्दगी में आते हैं| जिससे जिन्दगी, फिर से जीवित हो जाती है|

विष्णु ग्लानिमय भाव से बोला, 'बीते कई दिनों से इच्छा हो रही थी, कि तुमको और अँधेरे में न रखकर, स्थिति स्पष्ट कर दूँ| पर इसका कोई आधार नहीं मिलता था| पर आज बताते हुए मैं बहुत लज्जित हो रहा हूँ कि साधारण मनुष्यों की भाँति मैं भी लोभ से ग्रसित और इच्छाओं का दास, और अपने अरमानों का भक्त हूँ| मैंने चुप रहकर, तुमको धोखे में रखकर अपने जीवन में घोर पाप किया है| यदि मैं वह सब बयान करूँ, तो तुम चाहे जितना मुझे प्यार करो, तुरंत आने नज़रों से गिरा दोगी| मैं स्वयं अपने झूठ पर पर्दा बना हुआ हूँ| तुम्हें बाह्य आडंबरों से ढके हुए हैं, लेकिन आने वाले कल, मुझसे नफ़रत करे| मैं यह नहीं चाहता, मैं तुमसे सच कहता हूँ, मैं जो कहने जा रहा हूँ, वह अक्षरसः सत्य है| यह मेरी दासवृति है, जिसने मेरे माथे पर

नींद हमारी, ख्वाब तुम्हारे 104

काला टीका लगा दिया| मैंने दूसरों की बातों में आकर, तुमसे इस सच को छुपाकर रखा| इस अपराध के लिए, मुझे दुःख और खेद है| वह तुमसे कह नहीं सकता| तुम्हारे जैसी निर्दोष और पतिव्रता के साथ, ऐसा किया, इसके लिए परमात्मा मुझे न जाने क्या दंड देंगे? पर तुमसे मेरी यह विनती है कि मेरी अल्पज्ञता, पर विचार कर मुझे क्षमा करना|

विष्णु इस शंका से बड़े चिंतित और उदास थे कि सब कुछ जानने के बाद आभा जाने क्या उधम मचाएगी? पर जो सच है, उसे बताना ही होगा| उसने कहा, 'आभा, आज अगर मैं तुमसे कहूँ कि अर्जुन मेरा बेटा है, उसके रगों में किसी और का नहीं, बल्कि मेरा ही लहू दौड़ रहा है, तब भी क्या तुम अर्जुन से उतना ही प्यार रखोगी?'

विष्णु की बात सुनकर, आभा के चेहरे पर दुस्सह आंतरिक वेदना के चिन्ह दिखाई देने लगे| मुखाकृति विकृत हो गई| पीड़ा से विकल हृदय-स्थल पर हाथ रखती हुई बोली, 'आज तुमने मुझे वह हलाहल

पिला दिया, कि कलेजे के टुकड़े-टुकड़े हो गए, पर मरी नहीं, बल्कि ये टुकड़े जो वर्षों से पीड़ित और परेशान थे| जाने क्यों राहत और शकून अनुभव करने लगे| झूठा ही सही, तुमने जीनेवाला हलाहल पिला दिया|

अब तक मेरी धमनियों में रक्त की जगह, जो कोई पिघली हुई धातु दौड़ रही थी, जिसकी दाह मुझे धीर-धीरे भस्म कर दे रही थी, यह सोचकर कि मैं, कभी तुम्हारे बच्चे की माँ नहीं कहला सकूँगी| मेरे जीवन का अंत होने लगा था| आज मैं तुम्हारे इस कथन से कि अर्जुन तुम्हारा ही अंश है, मैं बहुत आनंदित हूँ| अब मेरे सामने कोई भी शोक-चिंता तुच्छ है| पर मैं क्षमा नहीं करुँगी, क्योंकि तुमने मेरी आत्मा को बहुत तड़पाने के बाद बताया कि अर्जुन तुम्हारा ही अंश है|

पर विष्णु, मैं यह भी जानती हूँ कि इसमें तुम्हारा कोई दोष नहीं है| यह हमारे वर्तमान लोक व्यवहार का दोष है| पर यह जानकर भी, हृदय के एक कोने में खालीपन का अनुभव हो रहा है, यह सोचती हूँ कहीं, तुमने मुझे झूठा आश्वासन देने की कोशिश तो नहीं कर रहे| क्योंकि मैं इतना तो जानती हूँ, तुम्हारा एक सन्तान है, सल्लू तो फिर अर्जुन, मैं कुछ समझी नहीं, और अब मैं समझना भी नहीं चाहती, गूंगे की आवाज लौट आने से मतलब रहता है| कैसे लौटा, यह नहीं जानना चाहती|

जिस तरह विजयी सेना, शत्रु दल को मैदान से हटाकर और भी उत्साहित हो जाती है, और शत्रु को इतना निर्बल और अपंग बना देती है कि फिर उसके मैदान में आने की संभावना ही न रहे| उसी

प्रकार आभा के हौसले भी बढ़ गए, और बीती हर बात को उसी वक्त दिल से निकालकर दफ़न कर दी, बोली, 'अब अर्जुन, सल्लू और मैं, तीनों, अलग-अलग शारीर के एक जान हैं।'

आभा, विष्णु से लिपटती हुई बोली, 'तुम हम सब की आत्मा हो, तुम्हारे बगैर हम नहीं हैं।'